つがいをいきる

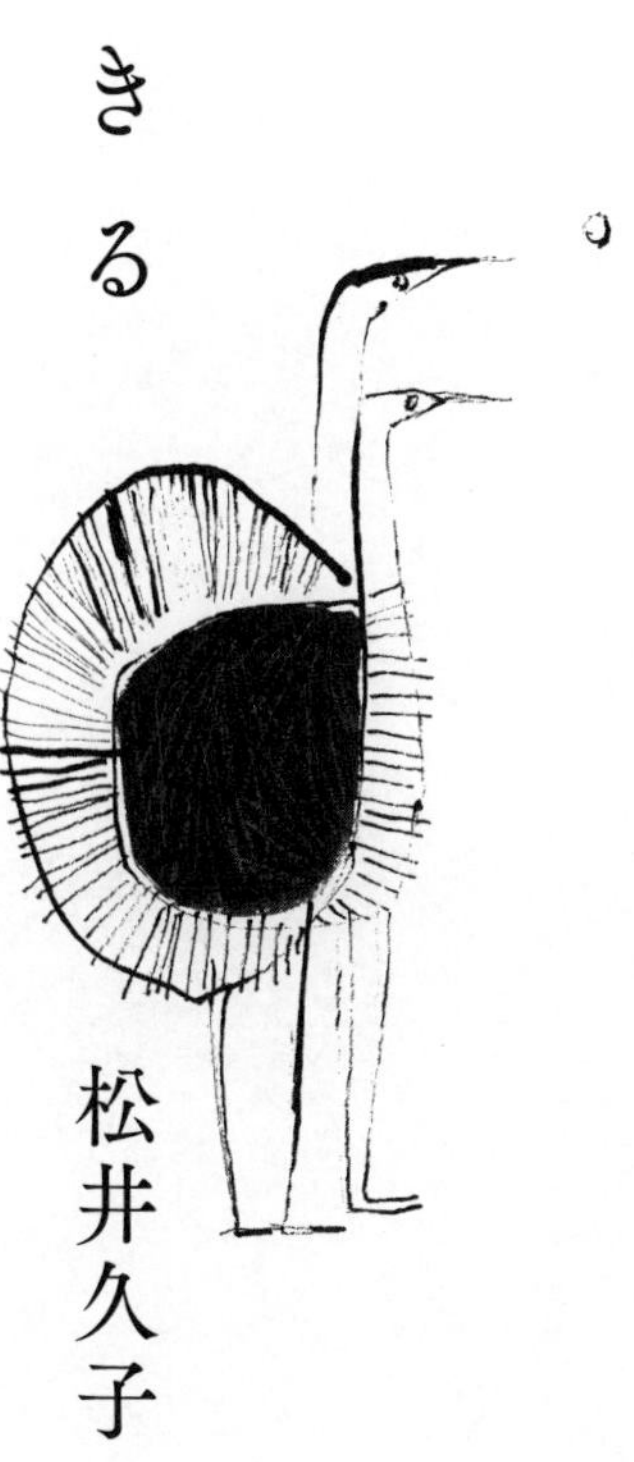

松井久子

春陽堂書店

つがいをいきる

つがいをいきる／目次

第一章　人生の最晩年に

第二章　家族という、この不可思議なもの

第三章　支え合う日々

第一章　人生の最晩年に

婚姻届

「今日は一日、何も予定がないわよね。もらってこない？」

「そうだね、早めにとっておこう」

彼の返事に、あ、また同じことを思っていた、と考える。

知り合ってからまだ半年しか経っていないのに、同じ屋根の下に暮らしはじめてからを数えても、ひと月ほどが過ぎただけなのに、不思議なくらい「同じだ」と感じることが多くなった。

八九歳と七六歳。

この歳まで、まったく別々の人生を送ってきた二人が、どうしてこんなにも違和感なく、一緒に居られるのだろう。それが相性というものなのか。

「もらってこない?」「そうだね、早めにとっておこう」

そんな阿吽(あうん)の呼吸の会話を合図に、逸平(いっぺい)が素早く立ち上がって、汚れた皿やコーヒーカップを、キッチンの流し台に運びはじめた。

私はその後から、おつきあい程度についていって、バターやヨーグルトの容器を、冷蔵庫にしまう。

この家のキッチンには、大きな自動食洗機があるのに、逸平は、それをけっして使おうとしない。

もう何十年も、自分の役目と決まっている、食事の後の洗い物は、すべて丁寧に、手で洗う習慣が身についている。

もうじき九〇歳を迎えるこの家の主(あるじ)は、さながら「全手動食洗機」というわけだ。

いまは亡き、妻の治子(はるこ)さんが存命中から、朝食の支度は夫の役目と決まっていたようで、メニューの一品に、焼き芋を欠かさないのも、彼なりの思い入れである。

戦時だった小学生の頃、母が弁当箱に入れて持たせてくれたふかし芋の話を、私も朝食をとりながら、何度も聞いている。

逸平は、長年にわたって身につけてきた、判で押したような生活のなか、こうして目の前に、思い出話のできる相手ができたことを、素直に喜んでいるようだ。

私もそれが、しみじみ嬉しい。

いっぽう、同居したからといって、毎朝のゴミ出しや、通りを竹箒で掃くなどの彼のルーティンを、なるべく奪わないようにしている。

それでなくても、家に閉じこもって、身体を動かすことが少なくなった老人には、家事こそ適度な運動になると思うからだ。


洗い物を彼に任せて、二階のダイニング・キッチンから三階に上がり、私にあてがわれた部屋に行くと、クローゼットを開ける。

この四階建ての大きな家で、私がいちばん気に入った場所が、この二間（約三・六メートル）幅の蛇腹の扉がついた、広いウォークイン・クローゼットだ。

亡妻治子さんの、こだわりが感じられるこのクローゼットに、私が逗子から持ってきた荷物は、すべて収まってしまった。

簡単に着替えを済ませ、最低限の化粧をすると、階段を駆け下りた。

これから二人で、役所にもらいに行くのは、「婚姻届出書」である。

八九歳と七六歳の男女が、将来を誓い合う、婚姻届。

三三歳のときに離婚して、四十数年。この歳になって再婚をするなど、思いもしなかった。

ほんとうに、人生は何が起きるかわからない……と、またも同じことを考えながら、玄関に行くと、逸平が、早くも靴を履き終え、待っていた。

彼の一日は、起きるとすぐに糊のきいたワイシャツを着て、プレスのきいたスラックスを穿くことからはじまるので、外出の支度に時間はかからない。

身なりがきちんとしている。それを己の矜持と思い、大学教授の職を辞して、二〇年以上が過ぎたいまも、普段着とよそ行きの区別がない服装を、当たり前のように続けている。

だから、いつでも出かけられるし、突然の来客に、慌てることもないのである。

家を出ると、私から近づいて、彼の手をとり、役所に向かった。

どこに行くにも、手をつないで歩くのは、出会って間もない人への、愛情の表現であり、彼の歩調に合わせるためでもある。

「ご近所の田島さんの奥さんがね、『最近、先生と手をつないで歩いている方は、どなた?』と、聞いていたわよ」

昨夜、夕食を食べながら、義理の娘になる知美さんが言っていた。

「そういえば、田島さんには、まだ会ってなかったな。早く紹介したいのに」

そんな、父と娘のやりとりを思い出していると、逸平が、

「あ、あの人だよ！　田島さんの奥さん……」

珍しく声を上げた。

その言葉に顔を上げると、角のお宅の門の前で、小柄な女性が、植木鉢に水をやる手を止めて、笑顔でこちらを見ていた。

「田島さん、おはようございます。あなたに、早く紹介しようと思っていたけど、なかなか会えなくてね。今度、結婚することになった……多華子です」

私の背を押しながら、きまり悪そうに言った。

「おはようございます。よろしくお願いします」

私も、つとめて愛想良く、頭を下げた。

「こちらこそ。このあいだから、お二人が毎日手をつないで歩かれているのを見て、美しいなぁと、思っていたんですよ。ほんとに、おめでとうございます！」

田島さんの奥さんが、こぼれるような笑顔で言った。

「ありがとうございます」

二人で、心をこめて礼を言うと、田島さんと別れ、再び歩き出した。

「いい人だろう？　昔から、善良を絵に描いたような人なんだ」

思わず振り返ると、田島さんは、まだ見送ってくれていたようで、にこやかに手を振っている。

「嬉しいわねぇ。美しい……なんて、なかなか、すぐには出ない言葉よ」

自然に発する言葉は、その人の本質を物語る。

堂々と手をつないで歩く老人二人を、「よくもまあ真っ昼間から、いい歳をして！」と意地悪に見る人と、「美しい」と見る人の差は大きく、そこにもその人の、人柄や品性がにじみ出るのだ、と思った。


役所に向かう道には、途中、高速道路をくぐったところに、小さな神社があった。鳥居をくぐって、境内に行くと、先ほどから聞こえる蟬の声は、目の前に聳える、欅の茂みからだとわかった。

彼が、小銭入れから出して、手にのせてくれた一〇円玉を、賽銭箱に投げ入れて、手を合わせながら考える。

「反骨の思想史家」と呼ばれ、長いこと、天皇制に異議を唱えている男にも、神社にお参りをする習慣があったんだ……と、少し可笑しい。

人には、思想信条とは別に、幼い頃から身についた、習慣もあるのだろう。

「お正月のお参りも、ここに来るの？」

「ああ、一応ね。こんな小さい神社にも、毎年元旦には、長い行列ができるよ。そんな列に、並んで待つ気はないから、横からちょっと手を合わせて、持ってきた破魔矢を、ここに納めると、新しいのを買って帰る。初詣はそれだけだ」

「破魔矢も、ちゃんといただくのね」

「一応。子どもの頃に、親がやっていたのかなぁ。毎年、正月の決めごとは、それだけだ」

「初詣には、ひとりで来るの？」

「そうだよ。なんでも、ひとりだ」

「治子さんが、生きていたときも？」

「もちろん」

会話のひとつひとつに、それまで知らなかった、彼の人生の越し方や、人となりを発見して、飽きることがない。

役所に着くと、先ほどまでつないでいた手をほどいて、〈案内〉の腕章を巻いた、

中年の女性に、

「婚姻届出書は、どこでもらえますか？」

尋ねると、すんなり戸籍係の窓口を教えてくれた。

その、あまりに自然な対応に、

「まさか僕たちのこととは、思わなかったみたいだね」

と、逸平が笑って言う。

「お役所の人は、そんなことに、いちいち驚いていられないのよ。いまの世のなかはなんでもアリ、多様性の時代だもの」

「多様性か……。便利な言葉だ」


考えてみれば、私たちの出会いは、偶然だったけれど、最晩年になっての再婚には、二人とも、多分に意志的なところがあった。

この人となら、残された老いのときを、共に生きてみたい。

互いに好感をもって、恋愛関係になるのは稀なことではないとしても、正式に結婚をするとなると、話は別だ。

何せ、彼はもうじき、九〇歳を迎える、超のつくほどの高齢者である。よほどのエネルギーがないと、そこまで踏み切ることはできないだろう。

しかも、歳をとってからの結婚には、さまざま面倒なことが、つきまとう。

たとえば、高齢になると、「相続」というテーマが、避けて通れないハードルとなる。

実際、私の周囲でも、本人同士はいい関係が続いているのに、子どもたちの反対にあって、何年も籍を入れられない、気の毒な友達が、何人もいる。

また、私自身、前の夫と別れてから、もう四〇年以上、気楽なひとり暮らしを続けていて、以来、周囲の反対を押し切ってまで、一緒に暮らしたいと思うような出会いなど、一度としてなかった。

いま更、面倒な社会制度にしばられるなんて、真っ平だったし、一定の距離をたもっていたほうが、新鮮な恋愛感情が続くのではないか、とも思っていた。

そのいっぽうで、この度出会った人は、人生の最晩年を迎えて、日々の孤独感や、心許なさが、隠しようもなくある人に見えた。

週に一度、逗子にある私のマンションに通ってくるうち、日ごとに離れ難くもなっていた。

ちょうどそんなときに、タイミングよく、彼と同居する娘の知美さん夫婦が、籍を入れることを勧めてくれたのである。

父親が、いざ入院とか、手術となったとき、正式な妻になっておかないと、「会うこともできないのよ。それでいいの？」と言って。

そんな、知美さんの言葉を思い出すと、いまでもゾッとする。

万が一、彼が救急車で、病院に運ばれるような事態になったとき、婚姻関係を結んでおかないと、私は、見舞いに行くこともできない。

それが、この法治国家に住まう者の、ましてや、コロナ禍が完全には収まっていない日々の、現実だった。

この人がこの世を去るときは、他の誰でもない、私の手で看取りたい。

それが動かし難い、私の意思である限り、自分の主義に反して、婚姻届を役所に出すくらい、なんでもないことに思えたのである。

そんなわけで、私たちの場合は、彼がプロポーズの言葉を言うこともなければ、私が「お受けします」などと、歯の浮くようなことを、述べる必要もなく、当事者二人が、改まって話し合うことも、なにひとつなく、ある朝の、

「もらってこない？」

「そうだね、早めにとっておこう」

ということになったのである。

それにしても、この国の、この社会の、「結婚」という言葉の持つ力には、絶大なものがある。

実は、まだ私たちの個人的なつきあいがはじまって、間もない頃、はじめて二人で京都を旅したとき、こんなエピソードがあった。

嵯峨野の祇王寺(ぎおうじ)の庭で、すれ違った観光客に撮ってもらった写真を、SNSに載せておきましょう、ということになったのだ。

私たちは二人とも、自分の近況を伝えるツールに、Facebookを愛用している。たとえば私なら、全国で上映会をしてくれた人や、映画を観てくださった方々、彼なら、自分の主宰する思想史講座の受講生や、著書を愛読してくれている人たちとのつながりを大事にしていて、この度の二人の出会いを、共に生きていくことにした、自分たちの意志を、皆さんに自然に理解してもらうには、Facebookで伝えるのがいちばんだろうと、ツーショット写真を、公開することにしたのだった。

ところが、案に相違して、その写真に対する反応が、サッパリだったのである。

実際それまでも、私が、影山逸平の思想史講座に通いはじめたことや、彼の著作を読んで書いた、書評まがいの文章を、折に触れて投稿していたので、そのSNSで「私たちの仲は一歩進んで、新しい段階に入りました」と伝えるのは、自然なことだと思っていた。

ところが、それは私たちの、勝手な思い込みに過ぎなかったようで、「影山先生と京都に来ています」というキャプションを、「恋愛カミングアウト」と受け取る人は、ほとんどいないとわかるほど、見事なスルーのされ方だったのである。

すでに、後期高齢者になった二人が、並んで写る画像を、ある人は、見て見ぬふりでやり過ごし、またある人は、「師弟で、思想史を学ぶ旅をしている」と、理解してくれたのだろう。

そのことは、まさに「老人になったらもう、恋愛などしないものだ」という、根強い社会通念の、証左でもあった。

それをまざまざと思い知ったのは、それから更に二ヶ月ほどして、同じFacebookで、「八九歳と七六歳、結婚しました」と、報告したときのことだった。

二〇二二年の七月の末、ヨーロッパに暮らす、私の息子と孫が、コロナ禍になってはじめて、ほぼ三年ぶりに、日本に戻ってくることになった。

その機会に、鎌倉の隠れ家のようなフレンチ・レストランで、彼の家族と私の家族が、一堂に会して、食事をすることになったのである。

そしてその場で、先日、役所でもらってきた婚姻届に、彼の娘と私の息子に、証人としてサインをしてもらい、それを老人二人の「再婚の儀式」としたのだった。

そして、翌日。

私のFacebookに、鎌倉の食事会での家族の写真とともに、「八九歳と七六歳、結婚しました」と、キャプションをつけた投稿には、その後数ヶ月にもわたって、約一三〇〇件もの「いいね！」と、八〇〇件を超える、祝福のコメントが、続いたのである。

そうか。なるほど、そういうものなのか……。

歳を重ねるごとに、受け続けてきた、社会からの「外され感」を、理不尽に思い、年齢差別の根強さを、身にしみて感じてきた先の、祝福の嵐――。

普通ならありえない、超高齢者同士の結婚だから、こんなにも多くの人が、祝ってくれたのかもしれない。

改めて、私たちは社会通念というものに、しばられているのだと思った。

実際、七〇歳の女性と一五歳年下の男性との恋愛を題材にした、小説『疼くひと』を書いて、出版したときの、人びとの目は冷たかった。

あのときは、その冷たさが痛かった。

ことほど左様に、私たちは、幼い頃からの「刷り込み」から、「世間の眼」から、解放されることがない。

いくつになっても、どんなに自立した人間になっても、社会や周囲の視線から、完全に自由になることができず、つねに自己矛盾と自己分裂に、追いかけられているような気もする。

あれほど長いこと「たかが、紙切れ一枚」と、軽んじていた、結婚。女性にとっては、「それが自立の妨げになる」と思い込んできた、婚姻制度。ずっとそこを、拒否してきたはずなのに、七六歳で正式な再婚をしたいま、私の奥底には「甘美な安堵感」がある。

間近に、「死」を意識する年齢になって、「生涯の伴侶」を得た喜びがある。もし、コロナ禍がなかったら、私は「恋愛」あるいは「事実婚」で十分と、心底、思えていただろうか。

そう自分に問うてみると、きっぱり「Ｙｅｓ」と、答えられる自信がないのである。

髭剃りとボタンつけ

シンクに溜めた熱い湯で、タオルをしぼり、湯気を立てながら広げると、手早くたたみ直して、顔を覆う。

蒸しタオルは、ブランドものの分厚いものでなく、商店街で年賀の挨拶にもらうような、薄手のものがいいらしい。

タオル蒸しが済むと、豚毛のブラシで石鹸を泡立て、できた白い泡をブラシの先ですくいとって、鏡に映った顎と鼻の下に塗っていく。そしてゆっくりと、剃刀をあてていく。

逸平は、こうして毎朝、たっぷり時間をかけてする、昔ながらの髭剃りを、日課にしている。いまは電気剃刀のいいのがあるのに、いくら勧めても、頑として聞こうとしないのだ。

日々の暮らしの、そこここに、昔ながらの習慣が残っている。

あえて面倒な手順を踏むのは、頑なに「便利」を拒み、時代の波にのみ込まれるのを、拒否する意思の表れか。それとも、長年をかけて培ってきた、自分のなかのこだわりを護るためか。

彼はそれを、「規律」とか、「規範」という言葉で説明する。

そして私は、夫となった人が、日々、繰り返している行為を見ながら、期せずして、「昭和」を追体験している、ような気がする。

そんなときは、二〇年ほど前に、九一歳でこの世を去った、父の記憶がよみがえって、懐かしさでいっぱいになる。

私の父も、逸平と同じように、日常生活のルーティンにこだわる、几帳面な人だった。無口で穏やかな性格も、どこか似ている。

そして思うのである。

この人と、ともに生きてみたいと、晩年の再婚を決めたとき、自分は無意識のうち、彼のなかに、父の面影を追っていたのかもしれない、と。

父の茂夫は、明治の末年に、現在の東京・新宿区牛込で生まれた。

父の父親、私の祖父にあたる人は、岐阜県飛騨の山奥の村から、東京に出てきたとき、鉱山師としてかなりの成功をおさめた、事業家だったという。

そんな男が、茨城県の水戸からやってきた娘（私の祖母）と、どのような経緯で、結婚することになったのか、具体的なことは、とうとう、聞きそびれてしまった。

記憶にある、祖母のきれぎれの言葉から推測すると、あの頃、地方出身の娘たちが、良縁を得る手段は、伝手を頼って東京にやってきて、お屋敷町の一軒に住み込み、行儀見習いとして働きながら、教育を受けることだった。

そのお屋敷で、奥様の厳しい叱責を受けながら、ひと通りの家事と、礼儀作法をマスターすると、やがて、奥様が、お膳立てしてくれた見合いにのぞみ、相手に気に入られれば、その男のもとに嫁いでいく。

それが、地方出身の子女たちの、一般的な「婚活」だったようだ。

娘たちは、見合い相手から、品定めをされはしても、男を選ぶ権利はなかった。

女という性に生まれた者は、受け身であることが、当たり前な時代だったのだ。

そして、祖母セツの人生は、経済的には何不自由ない、祖父のもとに嫁ぎ、ひとり息子を授かったものの、女性としては、あまり幸せなものではなかったようだ。

いつの頃からか、祖父が「お妾さん」の住む、別宅に入り浸って、本妻のいる家には、滅多に帰ってこなくなったからである。

セツは長いこと、夫の不倫に苦しみ、内に、修羅を抱え続けたせいか、それとも、生まれつきの性格ゆえか、孫の私から見ても「癇性な女」だった。

「癇性」。いまでは滅多に使わなくなった、その言葉を『広辞苑』で引くと、「神経過敏で激しやすい性質」とある。また、「病的にきれい好きなこと」ともある通り、私の祖母は、極端にきれい好きで、何かにつけて、小言の多い女だった。

あれは私が、大学生の頃だったろうか。

自分のことを、滅多に語らない父が、

「よく、母親に連れられて、音羽にあった、女性の家の前まで行ってね。『さ、お父さんに、迎えに来たと言って、連れてきなさい』と、無理やり背中を押されて、玄関の呼び鈴を、何度も鳴らしたもんだよ」

一度だけ、娘の私に、そんな話をしてくれたことがあった。

人一倍家族思いの、気の弱い父を、「男らしいスケールを持たない、小市民」などと見くびっていたけれど、父はあのとき、娘の私に、何を伝えたかったのだろうか。

いま、九〇歳の逸平の姿に、つい父の面影を重ねてしまうのは、彼もまた「父親とは、縁の薄い子どもだった」と、話してくれたからだ。

夫の影山逸平の場合は、太平洋戦争真只中の、まだ一一歳のときに、父親の突然の病で、死に別れている。

その少し前に、長兄が出征先の中国で戦死していたので、息子と夫を、立て続けにうしなった母親は、その後、残された子どもたちのうち、三男の逸平を、誰よりも頼りにしたという。

誰もが、アメリカからやってきた民主主義に、希望を託していた時代、家庭のなかには、まだまだ根強い、家父長制が残っていたが、私の父と夫は、二人とも、「父権」や「亭主関白」といったものには、まるで無縁な男だった。

そして彼らは、揃って、超のつくほど、「子煩悩」な父親でもあった。

子ども時代に、男親に可愛がられた記憶が薄く、いつも母親をサポートする役割を担ってきたせいか、二人とも「いい父親でありたい」という欲求が、人一倍強かったのだろうか。

たとえば私の父は、毎夜、夕食が終わると、ランドセルから出した筆箱を膝に置いた、私たち四人の姉弟を、食卓のところに並ばせた。

その日、子どもたちが学校で使った筆箱の鉛筆を、毎夜、一本一本、丹念にナイフで削り揃えるのが、父の夕食後の、日課だったのだ。

翌朝私は、昨夜父が削ってくれた、鉛筆の入ったランドセルを背負って、登校すると、教室の席に着くなり、とても誇らしい気持ちで、筆箱を開けたものだった。

また、毎年、新学期になれば、与えられた真新しい教科書に、毛筆で氏名を記すのも、父の仕事だった。

家には、祖母と母がいたので、家事を手伝う習慣はなかったが、子育てには積極的にかかわる、父親だったのである。


いっぽう、川崎市の中心街で、炭や練炭、炭団などの燃料を商う店の子だった夫の逸平は、「家事は誰でも、手の空いた者がする」のが、当たり前の家に育ったという。

特に、父親が他界した後は、母親を助けるために、家のなかの仕事は、なんでもしたそうだ。

彼は、子どもの頃から、「男はこうあるべき」という教育を、受けなかった。

母は、兄弟のなかでも、三男の逸平をいちばん頼りにして、家のなかの仕事は、なんでも言いつけたという。

先日、朝食を食べながら、向き合った彼のカーディガンのボタンが、ひとつとれているのに気がついた。

後でつけてあげなくてはと思い、午後になって、机に向かっている彼の背に、

「とれたボタンはどこ?」

訊ねると、振り向いた彼が、

「もうつけたよ」

と、答えたのである。

近づいて、カーディガンのお腹のあたりを見ると、下から二番目のボタンの、四つの穴に、茶色の糸を十字にわたして、きれいにつけ直されている。

「上手いのねぇ。こんなことを昔から、全部、自分でやっていたの?」

「もちろんだよ。知美が子どもの頃は、彼女の服のボタンつけも、僕の仕事だった」

と、当たり前のように言った。

考えてみれば、商家でも農家でも、日々の暮らしに追われる、庶民の暮らしは、皆、そんなものではなかったか。

というわけで、今年九〇歳を迎えた私の新婚の夫は、すこぶる元気で、健康で、日常生活にまつわる雑事を、なんでもできる人なので、妻の私は、食事をつくること以

外、自分の仕事がほとんどないのである。

子どもの頃の家庭環境は、その人の性格や人間性の、核を決める。

私の父と夫とは、それぞれの子ども時代に、男親の愛に恵まれなかったことが、逆に彼らの、子煩悩で、家族を大切にする、優しく、マメなキャラクターの基本を、形づくったような気がする。

そして、出会ってわずか、半年足らずで結婚した私たちが、互いにすんなり気が合ったのは、まさに子どもの頃の家庭環境や、生活レベルに、あまり差がなかったからではないだろうか。

逸平は京浜工業地帯・川崎の、あまり豊かでない商家に生まれ育ち、私も江東区深川の、貧しい家庭に育った。

二人とも、母親が商売をしていたし、男女共学の公立中・高校で、民主主義を重んじる、戦後教育を受けた。

歳は、ひとまわり以上離れていても、戦後の右肩上がりの高度成長期に、庶民の家庭で育った私たちは、金銭感覚もよく似ているし、思想的には、共にリベラル派に属する人間である。

結婚生活を営む上で、人生の価値観が近いことは、若い世代の結婚においても、大事なことだと思う。

ましてや、私たちのように高齢者同士となると、どちらにも、長年培ってきた、それぞれの価値観がある。それが互いの心の内に、頑固にかたまっている。

若いときに結婚した夫婦ならば、長い時間をかけて、一緒に築いてきた価値観があるのだろうが、老齢になってからの出会いとなると、それがない。

むしろ、違うのが当たり前で、その違いを発見しては、驚いたり、なるほどと思ったり、新鮮に感じたりするのである。

相手との違いを楽しめるか、それとも、互いの相容れない部分が、気になるか。

よく「いい歳をして、再婚なんて面倒なことは真っ平よ」と言う人がいるが、私はそれを、人それぞれの、生命力の問題だと思っている。

面倒なことを、面倒と思わず、前向きに楽しめる人、いくつになっても、「生き直し」のできる人は、健康で、生命力がある証しではないか。

いずれにせよ、歳を重ねてからの我慢は禁物だから、せめて、子どもの頃に育った環境は、近いに越したことはないだろう。

ところで、私が三三歳で離婚をしてから、四十数年、逸平に会うまで、一度として再婚を考えなかったのには、やはり根本のところで、大きな理由があったからだ。

根本のところでの大きな理由。

それは、まさしく「ジェンダー平等」の問題だった。

私が最初に結婚した相手は、家父長制を重んじる家庭で育った、「男尊女卑」を絵に描いたような男だった。

そういう男が、妻に対して、どれだけ理不尽な要求をするかを知らず、前もって確かめもせず、熱に浮かされたように結婚をして、ひたすら良き妻、良き母になるのが、人生の目的と、信じていたのである。

そんな私を待っていたのは、結婚から一〇年後の、シングル・マザーという境遇だった。

そしてその日から、自らの運命は、もう誰にも預けないぞ、と心に決めて、仕事に打ち込んでいくうち、どんどん「強い女」になっていった。

幸か不幸か、日本では伝統的に、男が「支配できる女」＝「愛される女」なのである。多くの男性は、自分が支配できない女に、友達以上の関係を求めない。

どんなに強い女にも、人を愛する権利も資格も、ましてや、誰かを愛したい欲求も、あるはずなのに。

かくて強い女は、仕事で成果を上げていくにつれ、また、自分らしく生きる日々を重ねるにつれ、「おひとりさま」を志願するしか、なくなっていくのである。


ひとりで生きて、死んでいくはずだった私が、七六歳にして結婚した男、影山逸平は、昭和ヒトケタ生まれの日本の男には珍しく、男女平等の精神が、根っから身についた人だった。

それを本人は、子どもの頃から当たり前に、家事をしてきたからだと言う。

もし彼が、男尊女卑の男だったら、私は、いっとき彼を好きになったとしても、結婚に踏み切ることはなかっただろう。

半世紀近く、自由気ままな、ひとり暮らしを謳歌してきて、命令されたり、束縛されたりには、もう、耐えられない人間になっている。

しかしいっぽうで、「フェミニストは、男に命令をするもので、自分がイニシアティブをとらなければ気が済まない輩」、と考える人がいるとしたら、それは大いなる誤解である。

自分から進んで、主体的に、「尽くす」なら、いくつになっても、誰かに尽くしたい。

尽くす行為には、思想信条にかかわらず、甘美さがともなう。そう感じるのは、私だけだろうか。

私の場合、四十数年のひとり暮らしを経て、再婚した男には、ついあれこれと、世話を焼きたくなってしまう。

ところが、再婚した相手は、九〇歳になっても、なんでもひとりでできる男なので、私がしてあげられることが、ほとんど何もないのである。

彼の部屋のクローゼットを開けると、下着などを入れた、木製の引き出しの上に、透明なプラスティックの、引き出し式の衣類ケースが、何段も重ねてある。それらの中身はすべて、長年にわたって、彼の管轄下に置かれてきたようで、どこも整理整頓が行き届いている。

ひとつのケースには、手前から奥に、四枚ずつのワイシャツが、二列に並んでいて、大学で教鞭をとっていた頃は、毎朝、その何十枚というワイシャツを、順番に、クリーニング屋から引きとってきた、ポリ袋から出して着るのが、日課だった。

その日課は、定年になって、二〇年が過ぎたいまも、規則正しく踏襲されていて、現役時代は、毎日替えていたのが、一日おきになった以外は、ずっと、その習慣を守っているのだから、お見事としか言いようがない。

そんな暮らしの日々に、先日、ちょっと思いがけないことがあった。

ある日、出版社での打ち合わせを終えて、家に戻ると、私の部屋のテーブルの上に、洗濯物が、きれいにたたんで置いてあったのである。

男性に洗濯物をたたんでもらうなんて、生まれてはじめての経験だ。

「ありがとう！　洗濯までしてくれたのねぇ！」

感激しながら、クローゼットの引き出しにしまおうとして、ハッとなった。

たたんだ洗濯物のいちばん上に、数枚のパンティが、ちょこんと、のっていたのである。

「あら？　どうしてパンティは、たたんでないの？」

訊ねると、彼は、

「……。たたんだこと、ないから……。どうするのか、わからなくて……」

もじもじと答えた。

その、きまり悪そうな表情に、思わず声を上げて、笑ってしまった。

「何を言ってるの？　簡単じゃないの。こうして、上下二つに折って、あとは右から左に、左から右とたたむだけよ」

「なんだ、それだけか……」

素っ気なく言い、もう大丈夫、という顔をしている。

意外だった。

治子さんが生きているあいだも、「家事の大半は、僕の役目だった」と言っていたけれど、妻の下着をたたむことは、なかったのか？

家事の面では、ジェンダー・ギャップのない暮らし方が身についていても、前妻との暮らしでは、下着の洗濯などに、厳然と、男と女の線引きがあったのかもしれない。

彼と同い年だった治子さんは、教育者として、先進的な考え方の持ち主であっても、自分の下着を、夫に洗濯させるなどしない、節度も、奥ゆかしさもある、女性だったのかもしれない。

終の棲家

梅雨に入って、いかにも気の晴れない日が、一週間以上も続いていた。
空一面に、鉛色の雲が垂れこめて、毎朝の習慣にしているスクワットも、ついつい
さぼりたくなってしまう。が、夫の逸平は、
「こんな天気だからこそ、運動で気分を盛り上げたほうがいいんだよ」と言う。
彼の辞書に「怠ける」という言葉はないようだ。
洗面を済ませると、娘の知美さんからプレゼントされた、トレッキングポールを、
一本ずつ持って、三階のルーフ・バルコニーに出る。
そして、西に遠く聳える富士山に向かって、大きく深呼吸し、それぞれが、子ども
騙しのようなストレッチをした後は、二人向き合い、私が号令をかけて、たった三〇

回の、スクワットをする。

いつの間にか、そんなことも、つがいの暮らしの日課になった。

普段なら、スクワットを終えた後は、多摩川べりの散歩に出かけるのだが、

「今日はパスでいいでしょ。こんな天気だもの」

と言って、部屋に戻り、ちょうどスマホを手にとったとき、着信音が鳴った。

見ると、小学校の頃からの友達、結城史子からのＬＩＮＥだった。

——翠先生、とうとう施設に入られたみたい。

簡潔に、用件だけが書かれていた。

えっ、もう施設に？　ちょっと早過ぎやしない？

すぐに折り返して電話をしたが、史子も、詳しいことはわからないと言い、早速、翠先生が入居したという老人ホームを、二人で訪ねる日が決まった。

翠先生とは、私と史子の小学校時代の恩師で、もうかれこれ、六五年のおつきあいになる。

六五年といっても、親密な関係が、べったり続いてきたわけでなく、子育て中や、互いの仕事が忙しかったあいだは、年賀状のやりとりが、精一杯だった。

それでも、小学校の卒業式の日、一二歳の私が衝撃を受けた、三〇歳の翠先生の、美しい袴姿を、忘れたことはなかった。

淡いピンクの和服と、胸高に締めた紫の袴。桜の木の下の、凜とした翠先生の立ち姿に「私もあんな大人になりたい」と心から思い、その後もずっと、憧れ続けた人だった。

その翠先生との交流が、復活したのは、五〇歳になったばかりの頃だ。

私が、はじめて監督をした映画の試写会に、史子をはじめ、仲の良かったクラスメートの何人かを招待すると、「憧れの翠先生」を、連れてきてくれたのである。

その日をきっかけに、先生と私たちは、近況を報告しあうクラス会を、年に一度のわりで、開催するようになった。

それから二〇数年、会場にやってくる、翠先生の傍には、いつも夫さんのにこやかな笑顔があった。

だから、「つがい」とか「おしどり」という言葉を聞いて、真っ先に思い浮かぶのが、小学校時代の恩師・島村翠先生ご夫妻の姿だったのである。

真っ当に生きるとは、こういうことなのだ、とお会いするたびに思い、自分の結婚は、何故それができなかったのか……と、慚愧（ざんき）に堪えない気持ちにもなった。

そして、再会から二五年が過ぎた、昨年の秋。
翠先生にも、とうとう、愛する夫さんを、彼岸に送る日がやってきた。
結婚から七〇年。九六歳と九四歳になるまで、一緒に居続けた夫婦でも、やっぱり死ぬときは、独りなのだなぁと、当たり前の残酷を、思い知らされた日でもあった。

そしてこの春、JR国立(くにたち)駅前の桜並木が満開の時期に、慣れないひとり暮らしは、どんなに寂しく心細いだろうと、史子と二人で、翠先生のお宅に伺った。
その日も、いつものように、史子と私が、家でつくった手料理を持ち寄って、先生がつくっておいてくれたお惣菜と、一緒にテーブルに並べると、思いがけず、華やかなランチ・パーティーになった。

お喋りする声は、変わらず訛りがあっても、久しぶりに会った先生は、ひとまわり小さくなったような気がし、長年の伴侶をうしなった悲しみから、まだ抜け出せていないようにも見えた。

「喧嘩(けんか)らしい喧嘩も、したことがなかったからねぇ。お父さんとこの家に住んで、もうじき四〇年よ。こんな小さな家でも、やっぱりひとりは心細くてね。夜中に目が覚めて、『お父さん、怖いよう』と、つい声に出して、言ってしまうこともあるの」

と、先生が珍しく、弱気な表情を見せた。

どうやら、ひと月ほど前、スーパーに買い物に行った帰りに、路上で転んで、顔をしたたかに打ったときのショックが、未だ消えていないようである。

それでも「気力が続く限り、この家で暮らすつもり」と、ご自分を叱咤するように言って、手なぐさみにはじめたという、色鉛筆のぬり絵を、見せてもらっていたとき、

「そうだ！　そういえば昨日、セコムを入れたのよ」

と、突然、思い出したように言われた。

「セコムって、防犯の？」

「そうよ。これでもう、夜中に泥棒が入ってくる怖さは、なくなったけど……」

と言った、その先の言葉が、続かない。

「どうしたの？」

と訊ねようとしたとき、

「あ、私はこれで、死ぬまで独りなんだなぁ、と思ったの」

と、呟かれたのである。

なるほど、そういうことか……。

セコムを入れるということは、最期までのひとり暮らしを、覚悟することなのか

……。

翠先生には、二人の息子さんがいる。

長男さんは、丸の内の大企業に勤める、もうじき定年を迎えるサラリーマンで、次男さんは千葉県のほうで、小学校の校長をされているという。

「お子さんたちは、一緒に暮らそうと、言ってくれないの？」

と、史子が聞いた。

「言わないわね。私もそんなこと、考えたことないし」

「次男さんのところに行くのは？」

私も訊ねる。

「ひとりがいいのよ。お父さんと、長年暮らしたこの家で、ひとりで、やれる限りやってみたいの」

二人の息子さんと、特に仲が悪いわけではなくても、お嫁さんたちや孫たちに、気兼ねしながら暮らすなら、ひとりのほうがずっといい。

これは多くの親たちの、正直な気持ちだろう。

現に逸平からも、何度も聞いてきた。

「もしあなたと会わなかったら、どこかの老人ホームに入るつもりだった。自分で判断できるうちに、どこか探さなきゃと、思っていたんだよ」と。

「娘夫婦と同居していても、そんな風に思うのね」

訊ねると、いつになく間髪入れぬ言葉が、返ってきた。

「あいつらに、僕の面倒をみるなんて、できないよ。そんな気もないだろう」

淡々と、乾いた言い方だった。

一緒に暮らすようになって、知美さん夫婦に、何度か聞いたことがある。

「同居しながら、娘に面倒をみてもらうことはないだろう、と思っているなんて、なんだか九〇歳にもなって、可哀想な気がしてね」と。

ところが、知美さん夫婦の考えは、違っていた。

これほどしっかり自立しているのに、戸籍年齢だけで年寄り扱いするのは、却って失礼だと、彼女たちは考えているのだ。

なるほど。逸平が歳に似合わず、しっかりしているのは、「家族だからといって、甘えあい、もたれあう関係にはならないぞ」という、彼のプライドであり、矜持なのかもしれない。

史子との約束の日がやってきた。

西国分寺駅で待ち合わせ、タクシーで一〇分ほど行った、殺風景な畑のなかに、その有料老人ホームはあった。

ついこのあいだまでは、小中学生向けの教育ビジネスの最大手だった企業が、少子高齢化の時代に合わせて、介護事業に乗り出したようで、このところ私のＳＮＳにも、その会社が運営する介護施設の広告が、ひっきりなしに、飛び込んでくる。

建ってまだ間もないのだろう、落ち着いたベージュの外壁に覆われた、四階建ての新しい建物には、フランス語の名がついていた。

その洒落た名前が、なんとなく、周囲の畑の風景に、そぐわない気がして、ここが翠先生の終（つい）の棲家（すみか）なのか……と思うと、なぜか鼻の奥がつんとなった。


「よく来てくれたわねぇ」

玄関ロビーで待っていると、翠先生の声がして、振り返った私たちを、満面の笑みで迎えてくれていた。

春に、国立のお宅に伺ったときよりも、ずっと顔色が良く、声にもハリがあるような気がする。

「お元気そう」と言うと、

「まずまずよ。さ、私の部屋に行きましょう」

歩き始める足取りも、見違えるほど、しっかりしている。

広い廊下を、後についていくと、玄関から遠くない一階の左側に、先生の部屋はあった。

「ここが私の、終の棲家」

引き戸を開けると、八畳ほどの広さで、めぼしい家具はベッドのほか、小型のテレビと冷蔵庫とテーブルと、小さな仏壇があるだけの、いかにも老人施設らしい、無機質な部屋だった。

入居からまだ間もないからか、それともご本人の意思なのか、生活感を感じさせない部屋のなかに入ると、私は面会者用の椅子に、史子は、小さなテーブルの前のベッドに座るように、と勧められた。

先生は、電気ポットのお湯を急須に注ぎながら、お茶の準備をしてくださる。

「こんなに早くとは、思わなかったけど、入ってみると、住めば都よ。とにかくご飯の心配も、転んだり、泥棒が入ったりの心配も、なあんにもなくなったからねぇ」

思い切って決断して、ほんとうに良かったと言う。

入居からわずか二ヶ月で、そんな風に考えられるなんて、いかにも翠先生らしい。同時に、女性の環境への適応能力にも、感心させられる。

「お友達はできました？」

訊ねると、先生は、小さく首を振った。

「友達はできないわね。みんな長いこと、違う人生を送ってきた人たちだもの。私ももう、他人のことには興味がないし。互いに干渉し合わず、誰にも気を使わず、気ままに暮らすのがいちばんよ」

もう、新しい人間関係をつくりたいとも思わないのは、九五歳という、年齢のせいかもしれない。他人のことには関心がない、という言葉には妙に説得力があった。

以前逸平が、

「施設に入ったら、気の合いそうな、ガールフレンドでも見つけてさ、その人とのお喋りを、楽しみにしたり。漠然とね、そんなことを想像していた」

と言っていたけれど、友達が必要なのは、八〇代までかもしれない。

「それにね、毎日、予定が詰まっていて、いろいろと忙しいのよ」

毎朝七時半と、一二時と夕方六時、日に三度の、規則正しい時間の食事は、栄養士によって吟味されたメニューが考えられているし、週に二回は、一時間のリハビリと散歩があるし、入浴や趣味の習い事など、決められたスケジュールがびっしりで、九六歳になるのにまだ要介護1の翠先生には、不自由と感じることが、なにもないのだそうだ。

幸い、健康面で、どこも悪いところがないので、ときどき、何の役にも立っていない自分に、罪悪感を覚えることもあるのだと、ずっと働きづめで生きてきた、先生らしいことも言われた。

「廊下を毎日、モップで拭いてる人を見るとね、あれなら手伝ってあげられそうな気がして、『あなたの仕事を、私にさせてもらえないかしら?』と言ってみたのよ。そしたら、笑って断られてしまったわ」

その、できたばかりの老人ホームで、いちばん年長の翠先生が、いちばん元気なのだと聞いて、私たちは、心の底から安心した。

が、そんな至れり尽くせりの有料老人ホームに、希望すれば、誰もが入れるわけではない。施設に月々支払う、金額を聞くと、驚くほどの高額である。

長年、教師として働いてきて、貯金も年金も、十分にある翠先生のように、経済的に何不自由ない老人だけが、受けられる恩恵なのだと思った。

そして、夫に先立たれて、ひとり施設に入っても、翠先生と夫さんの、〈つがいの暮らし〉は、じっさい、いまも続いているのだった。

先週は、長男さんに来てもらって、車で一緒に仏具店に行き、小ぶりの仏壇を買ってきたのだ、と話してくれた。

国立のお宅にあった仏壇では、大きすぎて、この部屋には合わないので、位牌と遺影だけ、家に戻って、とってきたという。

「毎日顔を見てるとね、やっぱり安心するのよ」

仏壇のなか、小さな写真立てに収められた、夫の遺影と語り合っていれば、「友達なんて必要ないし、寂しいとも思わない」

きっぱり言われるのを聞いて、そうだろうなぁ、と納得する。

よく、つれあいに先立たれた女性が、積年の苦労から解放され、急に若返って、あちこち出歩くようになった、という話を聞くことがあるが、それもまだ七〇代の、人生に欲のある時期の話にちがいない。

翠先生の場合は、二〇代のはじめから、九〇代の半ばまで、約七〇年を、ともに暮らした末の、伴侶との別れだった。

残された者の喪失感は、並大抵ではないだろう。

「お父さんがね、亡くなる日の前の夜に『お母さん！　お母さん！』って大きな声で、繰り返し呼ぶのよ。『どうしたの？』とベッドに行くと、すぐにおとなしくなって、私がベッドを離れると、また『お母さん！　お母さん！』って。三〇回も四〇回も呼ばれたの。あれはいったい、何が言いたかったんだろう？」

そして、翌朝早く、「お父さん」は、長男さんが訪ねてきたのを見届けると、静かに息を引き取られたのだそうだ。

九六歳の大往生。それでも妻は、「二年に及ぶ在宅介護中に、何故もっと優しくしてあげられなかったのか……」との自問を、繰り返し重ねているというのである。

「いまはもう、お父さんのご飯をつくる必要もない。自分の食事や、身の回りの世話の一切を、施設のスタッフたちがしてくれる。だから私は、この部屋で、一日じゅう、心ゆくまで、お父さんの魂とのお喋りに、専念できる」と、考えていらっしゃる。

家に帰って、翠先生の、そんな暮らしぶりを報告すると、逸平が、

「いずれ僕たちも、二人で入ることを、考えてもいいかもしれないね」

と、呟いた。

けれど私は、とてもその気にはなれなかった。

まだまだ彼には、自分がつくった料理を、食べさせてあげたい。あのように狭い部屋に、彼の蔵書を並べることなど、とてもできないだろう。逸平が、本のない暮らしをしている図が、どうしても想像できない。

老人施設に入るということは、仕事をする必要も、なくなるということだ。そのときが間近に来ているとは、まだ、思えなかった。

もし、逸平が仕事もできなくなって、寝たきりになるときがきたとしても、介護は家で、私自身の手でしたい。最期も、住み慣れた我が家で、迎えさせてあげたい。

翠先生の施設を訪問して、改めてそう思った。

でもそれは、先生の今の施設での暮らしを、寂しそうだとか、気の毒だと思ったからではない。

ご自分の家に、心細い気持ちでいるよりも、ずっと安心されたことが、柔和になったお顔にも見てとれた。

子どもがいるのに、老人ホームに入るなんて、いかにも可哀想だ、という考えも違うと思う。

翠先生は、夫さんと二人でいるあいだ、誰にも気がねしたり、遠慮したりする生活ではなかった。

「ひとりになったからといって、いままで一度も一緒に暮らしたことのない、子や孫たちと、どうして同じ屋根の下に住めるというの？」

そんな家族神話を信じるほど、私は愚かではない。

翠先生が、そう言われているような気がして、その潔さを正しいと思い、自分もひとりになったら、彼女のように、背筋をシャンと伸ばして、生きたいと思った。

「多華子さん、よかったね。あなたはこれまで、ひとりで、ほんとによく頑張ってきたから、影山先生との出会いは、神さまのご褒美ね。おめでとう！」

七七歳になって、一二歳の子どもの頃のように、先生から頭を撫でられるように、褒めていただいていた。

突然、子どもの頃にタイム・スリップしたような気がして、

「ありがとうございます」

心から、お礼を言った。

「君も先生も、幸せだね。こんな歳になるまで、そんなおつきあいが、続いてるんだから。どちらも健康だから、できることだ」

逸平に言われて、ほんとにそうだと思う。

「だからこれからも、できる限り会いに行くわ。先生は外出もできるというから、次は、西国分寺の〈クルミド珈琲〉に行きましょう、と約束しているの。あなたも一緒に行かない？」

「いいよ、僕は」

「〈クルミド珈琲〉は、あなたも好きじゃないの」

「君とあそこで、デートするなら行くけど。僕が、どんなに人づきあいが苦手か、知ってるでしょ」

夫婦喧嘩

この連載を始めてから、ずっと気になっていたことがある。

私は、夫となった影山逸平のことを、少し美化しすぎてはいないだろうか。

書きながら、ついそんなことを考えていた。

そして考えながら、改めて気づくのである。

私たち日本の女は、自分のする話を、他人さまから自慢話ととられるのを、つねに怖れてきたのだ、と。

私の母親がそうだった。

「謙遜」が、いちばんの美徳と信じて、他人の前では我が子のことも、悪く言う癖のついた人だった。

いつも「自慢ととられてはならぬ」と、気を使い、内心、ひそかに誇らしく思っていることでさえ、他人さまの前では、あえて控えめに語ってしまう。

子どもの頃は、そんな母親のことを、「嘘つき。ほんとは自慢したいくせに」と、批判的な目で見ていたのに、いつの間にか、自分も母と同じことを、気に病む人間になっている。

そういえば、男たちも、自分の妻のことを、「ウチの愚妻が」などと言うではないか。

となると、これは、日本社会ならではの文化かもしれない。

小さな島国の、狭い「村社会」の文化、あるいは因習。

明治の昔から、その因習の犠牲になってきたのは、女たちである。

日本の女性は、自らが置かれた過酷な境遇に耐えて、どんな困難に遭っても、泣き言を言わず、我慢して、苦労を乗り越え、強く生きることを求められてきたのではなかったか。

たとえば、大正生まれの私の母は、あまり甲斐性があるとは言えない男のもとに嫁いで、同居する姑からの、激しい嫁いびりに遭っても、なにひとつ愚痴を言わず、貧しいなかで、四人の子を明るく育ててきた。

そして、その傍ら、晩年、認知症になった姑を、最期まで在宅で介護して、看取ったひとである。

母が、まだ生きていたとき、

「あんな苦労の多い人生から、逃げ出したいと思うことは、なかったの？」

と訊いたことがあった。そんなときの彼女の、

「こんなものだと、思っていたのよ」

即座に答えた言葉が、穏やかに笑っていた顔が、脳裏に焼きついている。

女の人生とはこんなもの。離婚など考えもしなかった。

そんな母を見て育ってきた、娘の私も、自らの「幸福」を、手放しで喜んではいけないような、意識が染みついているのではないか。

これだけ男女平等の時代になっても、根っこのところで、胸張って「フェミニズム」を主張できない、私がいる。


そう、男社会の仕事の場では、ずっと男性の顔色を窺って、生きてきたのである。

少なくとも、昭和・平成の頃は、私のようにフリーランスの女が、仕事の場で自分の居場所を獲得するには、いくつもの「作法」が必要だった。

不平を言わず、耐えて頑張る女、でなければならなかった。

「母にできたのだから、私にだってできるはずだ」と己に言い聞かせ、歯を食いしばって生きる私は、ウーマンリブやフェミニズムを標榜する女性たちの目には、「男に媚びている女」と、映っていたことだろう。

そんなこんなで、私たち世代の日本の妻たちは、我が夫のことを褒めるよりも、ちょっと悪く言ったり、愚痴ったりするほうが、気が楽なのである。

私にも、そんな悪癖が、身についている。

頭では「男女平等」を、当然と思いながら、母がしてきた流儀が、自分の内にも、深く染みついている。


前置きが長くなったが、そこで今日は、逸平との夫婦喧嘩の話をしてみようと思う。

夫婦になれば、いくつになっても、相手に対する不満や愚痴は、しょっちゅうだ。

たとえば私たちは、特別な用事のない日は、二人でスポーツジムに通っている。

逸平が、もう半世紀近く、ジム通いを習慣にしてきたので、私も同居してすぐに、メンバーとして登録させられた。

電車で四駅離れた、そのジムに行くのに、彼は必ずと言っていいほど、駅に着くなり、エスカレーターの右側レーンを、大股で、駆けるように上がっていく。

ホームに電車が滑り込んでこようものなら、その電車に飛び乗りたくて、なかなか来ない私に向かって、上から手招きしては、

「何をしてるんだ、早く来い！」

と叫んだりする。

そして、私がホームに着く前に、電車の扉が閉まってしまえば、歯軋り（はぎし）りするほど、悔しがる。

そういうときに、必ず喧嘩になる。私にしてみれば、

「どうして齢（よわい）九〇にもなって、急ぐわけでもない、ジムに行くのに、電車に飛び乗らなきゃいけないの？　閉まるドアに挟まれて、怪我でもしたらどうするのよ！」

と、その、歳を忘れた無謀な振る舞いに、心底、腹が立つのである。

聞けば、大学教授として、職場に通っていた頃、

「朝の通勤ラッシュの電車に、飛び乗っていた癖が、まだ抜けないのかもしれないな」

などと、他人事のように言っている。

「定年から二〇年経っても、抜けない癖なんて……！　直そうとしないからよ」

「このね、電車を待つ時間が、大嫌いなんだ」

と言って、イライラと足踏みをしている。

私としては、銀髪の老紳士には、もう少し、どっしり構える男であってほしいのに。

いっぽう、彼にしてみれば、

「乗れる電車に、乗ろうとする努力もせず、エスカレーターの上で動こうとしない、君の態度は、僕に対する、嫌がらせにしか見えないよ」というわけである。

そういうときは、二人ともプリプリ怒って、あえて別々のシートに座ったりする。

カッとなると、互いに意地を張り合って、なかなか相手より先に、折れることができないところは、よく似ているのだ。

それでも、電車を降りるときは、またどちらかがつなぐ手を伸ばせば、すぐに仲直りができる私たちである。

一緒になって、まだ一年足らずの、新婚だからだろうか、スキンシップには大いに助けられている。

電車に乗るときは、それほどせっかちな逸平も、年相応なのかはわからないが、私から見れば、相当愚図(ぐず)な人間である。

したがって、日常生活のなかで、怒ったり叱ったりは、どうしても私のほうが多くなってしまう。

来客があったときなど、できた料理を、キッチンからダイニング・テーブルに運ぼうとすると、いかにも邪魔になるところに、逸平が突っ立っている。

お客さまに、席を勧めようともしないで、ボーッと、途方に暮れたように立っているので、お客さまのほうも、どうしていいかわからない。

そんなときは、彼の鈍臭さに、私がキレてしまう。

「どうして立っているのよ。早く座って！」

収まらないイライラのまま、来客に席を勧めて、彼に目をやると、

「また怒られちゃったよ……」という顔で、シュンとしている。

そんな二人の違いは、九〇歳と七七歳、ひと回り以上の、年齢差のせいというよりも、「世間的な経験値の差だ」というのが、私たち二人の、共通認識である。

とにかく私は、ずっと長いこと、仕事一筋、それもライターやプロデューサー、映画監督など、人のなかでする幅広い職種を、転々と重ねながら生きてきた人間である。そのせいか、良くも悪くも、半端ではない判断力や、決断力が身についてしまっている。

つまり、この歳になると、もう何かに迷ったり、ウジウジと考えることなど、ほと

んど何も、なくなっている。

逆に、自分の学問以外のことには、ほとんど関心がない人生を送ってきた逸平は、私から見れば、超がつくほどの、世間知らずで、浮世離れした人である。

だから、他人さまの目には、つがいの暮らしの一切を、妻が仕切っている、と映るかもしれない。

が、それは単純な、とても一面的な見方で、影山逸平という男は、人一倍、頑固な人間でもあるのだから、ややこしい。

私のように、世事に長けた人間は、内心反発していても、相手に合わせることも、平気でできる。

ところが、世間知らずの逸平には、それができないのだ。

「媚びへつらう」とか、「如才ない」などは、もっとも己の生き方に反する行為、と思っているので、何につけても、妥協というものができない。

それで、他人さまとの、ちょっとした諍いなどの「なだめ役」は、つねに私の役目、となってしまう。

いつもハラハラと、初対面の方とのあいだを取り持ちながら、「よくもそんな風に胸張って、気難しい男でいられるものね」といった、内心の苛立ちは、おくびにも出さず、如才なく振る舞っている。

また逆に、「コワい鬼嫁」と言われても、一向に気にならない。

そんな風に、私たち夫婦は、互いの個性が、まったく正反対なので、喧嘩や衝突も多いが、自分にないものを持っているという点では、相手を認め合っている。

不器用で、おべんちゃらの言えない彼が、

「あなたは、ほんとうにポジティブな人だからねぇ。ペシミストの僕が、どれだけ救われているか……」

とか、

「もう、あなたがいなくては、生きていけなくなった」

などという言葉を、自然に、当たり前のように呟いている。

夫婦が、うまくいかなくなる原因は、往々にして、あるいは無自覚に、夫が妻と張り合おうとか、妻を支配しようとすることに、あるのではないか。

私の夫になった人には、それがない。

妻と張り合ったりしなくとも、本来的な意味で、自分に自信があるのだと思う。

歪んだ性意識の国

「つがい」という言葉を、辞書で引くと、「二つが組み合って、対になること」「雄と雌のペア」「夫婦」などの意味がある。

漢字で「番」と書くのは、「鳥の片方が、餌を食べているとき、片方が番をするからだ」と言う人がいた。

それを聞いて、夫と妻のどちらかが、番をしたり、互いを見守り合って暮らす、老齢になってからの夫婦は、まさに「つがい」に相応しい、と改めて思った。

若いときは、夫婦それぞれに、思い切り自由に、羽ばたき合っていいけれど。

ところが、私の周囲を見回してみると、長年、同じ屋根の下で暮らしてきた夫婦が、必ずしも、守り合ったり、助け合ったりしているようには見えない、むしろ、あまり仲がいいとは言えないカップルが、とても多いと感じる。

結婚したときは、誰もが羨むほど、愛し合っていた二人も、やがて父親と母親になり、互いを「パパ」「ママ」と呼び合ううち、夫は外で仕事に励み、妻は家事も子育ても、自分の仕事もと、いくつもの役目をこなすうちに、夫婦の会話もすっかりなくなって、気がついたときは、夫にとっての妻が、妻にとっての夫が、他人のように遠い存在になっている。

そんなことが、日本の家庭では、当たり前になっているような気がするのだ。


あるアンケート調査によると、「あなたたち夫婦は、セックスレスか?」との問いに、「はい」と答えた人の割合は、男女平均で三〇代が47%、四〇代が59%、五〇代が71・3%という回答結果が出たという。

その統計を見て、暗澹たる気持ちになった。

これは、日本の夫婦の大半が、セックスなしで暮らしているということだ。

夫婦にとって、肉体的な睦み合いは、とても自然で、大切なことだと思うのに。

しかも、三〇代夫婦の、半数がセックスレスでも、離婚率は、約15%だそうである。

つまり、肌触れ合うことがなくても、家族のかたちは壊れない。

それが、「日本の夫婦のリアル」ということなのか。

私が、三三歳で夫と別れたとき、離婚の理由は、ひとつだった。

夫をもう愛していない、この先も愛せないだろうと、それだけで離婚を決意した。

夫に抱かれるのが、嫌になったら、夫婦関係を続けることはできないと、生真面目に思い込んでいた私のような者には、五〇代のセックスレス夫婦が、70%を超えるというのは、重大な問題とも思える。

家族や夫婦の、「愛」というものに対する、根底的な認識が崩れて、ただ呆然としてしまうのである。

しかし、夫婦のあいだで、それほどまでにスキンシップが疎(おろそ)かにされるのには、何か理由があるはずだ。

長いこと、その理由について、考え続けてきた。

二年前に、はじめて書いた小説のテーマを、セクシュアリティとしたのも、この日本社会に「固有の理由」に依っていた。

日本では、愛の問題とセックスの問題とが、イコールとならず、完全に分離してしまっているのではないか、と長いこと感じていたからである。

婚姻関係にある二人にとって、セックスの主たる目的は、「生殖」だけなのだろうか。

これは欧米の人たちから見れば、奇異な、あり得ない考え方だろう。

欧米では、二人の年齢にかかわらず、また、結婚して何年経っても、夫と妻は「男と女」であり続けることが求められる。

ベッドを共にできなくなったら、離婚して、それぞれに新しい相手を求めるのは、当たり前のことだ。

私もそれを、生きものとして、健全なことだと思ってきた。

ところが、結婚から長い年月が過ぎた、日本の夫婦の場合は、多くの夫が、「妻以外の女性なら欲情する」などと平然と言い、妻は「夫に、手を触れられるだけでも、ゾッとする」とあからさまに言っても、相手を傷つけているとは思わない。

そして、それでも同じ屋根の下に暮らして、婚姻関係は平然と続けている。

不倫をする女優やタレントが、極度にバッシングを受けるのは、この国の男たちの、身勝手な倫理観のゆえか？

それとも、夫に相手にされなくなった妻たちの、怨念か？　とさえ思ってしまう。

ここで、日本社会に「固有の理由」について、少し考えてみたい。

セクシュアリティが、特に女性にとってタブーになったのは、そんなに古いことではないはずだ。たぶん、明治維新以降ではないか。

たとえば、平安時代に『源氏物語』があったように、また、江戸時代には浮世絵や春画に見られるように、昔の日本社会は、もっと性に関してのびやかで、男女は、対等に愛し合っていた、ような気がする。

明治の世になり、男性が主導する「富国強兵」の時代になって、女性は子を産み育てる、「聖母」の役割を、強いられるようになった。

男たちによる、堅固な家父長制社会が築き上げられ、女はずっと、慎ましく生きることを求められてきたのである。

やがて、戦争が終わって、高度経済成長の時代になると、AVや風俗といった、男性本位の性産業が盛んになる。

そして、東南アジアに買春出張旅行に行く、日本のビジネスマンたちが、世界の顰蹙を買う時代がやってきた。

更には、いつの頃からか、日本の女たちは、セクシャル・ハラスメントの被害者となっていき、暗いイメージのつきまとう、性にまつわることがらを、忌み嫌うようになっていく。

それが「この国は何かがおかしい」と、ずっと思ってきたことのひとつだった。

たとえば私は、影山逸平と出会ったとき、「このひとに触れたい」と思った。彼はすでに八八歳、私は七五歳。どちらも立派に老人だったが、互いに性的な魅力を感じたから、ときめいたのである。

それがなければ、わざわざ一緒に暮らす必要も、ましてや、結婚をする必要もなかった。いわゆる「茶飲み友達」で、十分だったろう。

考えてみれば、「若くなければ女ではない」というのも、日本の男たちがつくり、女たちがそう思い込まされてきた、迷信のようなものである。

「聖母信仰」の上に、「年齢制限」までがつくようになって、女性は、ある年齢になったら、セックスまわりのことは、卒業するのが「当たり前の上品」となった。

そしていつの間にか、女たちは、セクシュアリティに関して、固く口をつぐむようになってしまった。

それが日本の女たちの、哀しく、不幸な現実である。

いま、結婚して、愛し合う男女である私と逸平は、もちろん、若い人たちと同じようなセックスが、できるわけではない。

ここであえて、細部を書くことは控えるが、肌と肌を触れ合うだけで、十分幅広いセクシャルな、愛の営みはできるし、それが自然で平和な、「つがいの暮らし」だとも思っている。

先日、私のスマホに、名前も知らない男性から、ダイレクト・メッセージが届いた。七〇歳の女性を主人公にした、私のデビュー小説『疼くひと』を読んだという。彼曰く、

「……、これははっきり言えるのですが、七〇歳の女体を前に、欲情にかられる男はまずいないでしょう。私の経験を踏まえてそう言えるのです。なぜか？　ちょっと考えればすぐにわかることです。そこからして、この小説の設定はいかがなものでしょうか。話題作となって売れればいいというスタンスで書かれたものかもしれませんが、『この作者はこんなふうに自分をさらけ出して恥ずかしくないのだろうか』と気の毒にさえ思ってしまいます」ということだった。

この人ばかりでなく、出版したばかりの頃、私が長年の友と思っていた女性たちからも、似たような批判を浴びて、ひどく傷ついた記憶がある。

ところがなぜか、その小説がよく売れた。とても多くの人に、読まれたのである。私と同じように、幸福な恋愛の真っ只なかにいる、高齢の女性たちからも、たくさ

んの手紙が届いた。

「よく書いてくれた、ありがとう」と。

そして、見知らぬ人からのメッセージに、シュンとなって、それを逸平に見せると、私と出会う前から、その作品を読んでいたという彼は、

「これは、普通の読者の感想だよ。あの小説が、この人の言うようなものだったら、いわゆるポルノ小説か、官能小説以上に、売れることはなかっただろう。僕はあれを読んだとき、『人間の生と性の本質を、よく描いている』と、感心したんだ。それでポルノ小説以上の読者を、獲得したんだと思う。だからあなたは、こんなことで傷つく必要は微塵もない」

と言ったのである。

聞いて、「この人に会えてよかった」と思い、泣きそうになった。

前なら、ひとりでは受け止められなかったことを、隣でともに生きる人が、理解してくれている。

「もう、ひとりで耐えなくていいんだ」と思い、しみじみ嬉しかったのである。

ところで、今年（二〇二四年）も世界経済フォーラムによる、世界各国の男女平等の度合いを数値化した、ジェンダーギャップ指数が発表された。

日本は、対象一四六か国中一一八位と、相変わらず先進七か国（G7）で最下位にとどまっている。

昨年（二〇二三年）の一二五位から一一八位に上がっただけでも、日本のジェンダーギャップは遅々とながら進んでいるのだろうが、そんな現実についても、いま、九〇歳になった逸平は言う。

「男と女が、ベッドの上で対等になったら、日本のジェンダー問題の大半は、解決するだろうね」と。

学者の書斎

目を覚ますと、窓のカーテンを半分開けた光のなかに、逸平の背中が見える。

逆光に黒く浮かぶ彼のシルエットは、いつまで経っても、微動だにしない。

時計に目をやると、まだ午前五時四〇分。

また、本を読んでいるようだ。

まどろみのなかで、椅子に座る彼の背を見ながら、改めて、自分の暮らしや境遇が、大きく変わったのだと考える。

去年の夏、とりあえずの衣類をボストンバッグに詰めて、この家にやってきたとき、書斎の西側、クローゼットの前に置かれたシングルベッドを見て、

「寝室はここでいい、ここにしたい」

と、彼に言った。自然に口をついた言葉だった。

本に埋もれるようにして、眠りにつき、書籍に囲まれた部屋で、目を覚ます暮らし。昔から、そんなものに憧れていたのと、逸平の日常を、以前のまま、できるだけ変えないようにしてあげたい、との思いからだった。

それで、逸平の書斎は、それまで使っていたシングルベッドを、ダブルベッドに替えた以外、昔のまま、なにひとつ変わっていない。

私が来る前は、玄関前の長い廊下の壁や、四階建ての家の、すべての階段に、作りつけた書棚が、夥しい数の本で埋まった、図書館のような家だった。

ところが逸平は、私との再婚を機に、これらの書籍の半分近くを、捨ててしまったのである。

学者にとって、書物は、いのちの次に大事なもの、と思っていたが、

「本にしがみついていたら、生き直すことなどできないよ」と言って。

生き直す――。

九〇歳を過ぎて、そんなことを言える人がいたんだ……と、私は、彼の言葉に驚嘆し、惚れ直す思いだった。

そして、私がこの家に来てからも、処分の折には捨てなかった書物の並んだ、この

部屋での仕事は、変わらず続いているようだ。

じっさい、日々、彼の姿を見ていると、学者とはこういうものなのかと、興味深いことばかりである。

たとえば、何か思索をするとき、椅子に座って腕を組み、東側の窓の外、多摩川のゆったりとした流れを見ながら、あるいは、河川敷の原っぱで、サッカーボールを追いかける、子どもたちの姿を眺めながら、一時間も二時間も、まったく動かずに考えている。ただ考えている。

論文の、次の一行を書きはじめるまでに、こんなにも長い時間をかけるのか？　と、自分がものを書くときのスタイルとの、あまりの違いに、最初は驚きを禁じ得なかったのである。

たとえば私は、流し台の前で、料理の下拵（したごしら）えを済ませ、鍋を火にかけたその足で、台所から自室に移動し、パソコンに向かえば、すぐに書くべき原稿の世界に入って、キーボードを叩きはじめることができる。

もちろんそれは、書くものの種類がまったく違うのと、私の場合は、料理をしながらも、そのとき書いている、原稿の内容について、絶えず考えているからだ。

ところが、逸平の場合は、何をするにも集中力を高め、熟考して、その熟考に途方もない時間をかけている。

最初は、その長考ぶりに驚いて、さすが思想史家とはこういうものかと、書斎での彼の姿を、何時間でも、飽きずに眺めていた。


いま、九〇歳になった我が夫は、大学教師の職を定年で終えた七〇歳のときから、二〇年間、ずっと自分が主宰する、小さな市民講座を続けてきた。

七〇代の頃は、あちこちのカルチャー・スクールや勉強会に招かれて、講義をすることも多かったというが、近年は、彼自身が主宰し運営する講座を、東京と大阪だけで、毎月一度、規則正しく、続けてきたのである。

私も、一昨年の夏から、受講生として通うようになって、畑はまったく違うものの、彼の講座のありように、自分の映画の観てもらい方と、共通のものを感じたのだった。

たとえば、私なら観客が、逸平なら受講生が、どんなに少人数でも、いや、むしろ少人数であることで、密な人的つながりができる。

二人とも、「受け手」との一体感を、大切にしてきたところが一緒なのである。そして、お互い「受け手」に育てられてきた、という点もよく似ていた。

彼のように、元大学教授が退官後、コツコツと、少人数の聴講者を相手に、講座を続けてきたというのも、極めて稀有なことだろうし、私のように、映画を介して、観客の輪をつくってきた映画監督も、滅多にいないだろう。

そんな二人が、このようにして出会い、夫婦になったのも、運命というものだろうか？


逸平は、毎月、講座の日程が決まると、自分のＳＮＳで「自由にご参加ください。その日受講された方が、私の思想史講座の会員です」と、呼びかけてきた。

そして私は、そのリベラルなやり方を、好ましいと思い、二年前の夏から参加した。毎回の受講生は、三〇人ほどだが、メディアにも出ることのない、九〇歳の老思想史家には、いまも、一定数の根強いファンがいることを知った。

その方たちに、高い受講料を支払わせては申し訳ないと、毎回、一講座一〇〇〇円をいただくだけである。毎回、書き上げたばかりの、Ａ４で二〇頁ほどの論文を、自らコピーし、ホッチキスで留めてきては、受講者に配るのも、講師影山逸平の習慣だった。

大阪の講座には、新幹線で通い、ホテルで一泊していたから、毎回、完全な赤字である。

それでも、「生涯一講師」を、老いの理想形と定め、リタイアなど考えたこともない、七〇代、八〇代だった。

講座のテーマは、『日本近代思想批判』『アジアはどう語られてきたか』『本居宣長とは誰か』『昭和とはなんであったか』『歎異抄の近代』、そして『思想史家が読む論語』などと、実に幅広い。

そして、それぞれのテーマの講義を、一年ほど重ねると、講座で使ったレジュメの論文をもとに、一冊の単行本として編集され、出版された。

彼の著書は、大学教授時代とあわせると、ゆうに三〇冊を超えている。中国では、全一〇巻ほどにわたる全集も出版されている。

そのようにして影山逸平は、まさに、読むことと書くことだけに、人生を捧げてきた人なのである。

その彼が、九〇歳になったのを機に、長年続けてきた市民講座を、今年（二〇二三年）の九月で、最後にすることになった。

大阪の講座は、去年（二〇二二年）の夏で終わりにしているので、東京で月に一度だけの開催なら、健康のためにも続けたほうがいいのでは？　と思ったが、

「ちょうど潮時のような気がする」と、潔かった。

「ところで、あなたの亡くなった奥さんや、娘夫婦や孫娘や……といった家族は、あなたの講座を受けることがあったの？」

と、聞いてみたことがある。

すると逸平は、からからと笑って、

「そんなもん、あるわけないじゃないか」

と答えた。

信じられない。マイクも使わず三時間、立ちっぱなしで講義する、彼のいちばんかっこいい姿を、家族が知らないなんて。

ところが逸平は、「そんなこと考えたこともない」といった風情である。

「書いた本も、読まないの？」

「読まないさ、もちろん。でもね、知美は僕の本が出るたびに、ＳＮＳで宣伝しているみたいだよ」

サバサバした言い方をする逸平は、「家族とはそんなもの」と思っているのだろうか？

もうじき還暦を迎える娘と、その夫が、九〇歳の父親と、ずっと同じ屋根の下で暮らしている。

毎年、家族の誰かの誕生日には、必ず皆で、高級レストランに集まって、祝いの宴席を囲む。

私も、逸平とのつきあいが始まった頃、誕生会の席に招かれて、なんて素敵な家族だろうと思ったものだ。

そのいっぽうで、彼は私へのメールで、告げていた。

「仕事か、家族か？　いや、家族など、とうに壊れている……」

最初は意味がわからなかった。が、何度か会ううち、

「食事は、ジムの帰りに、スーパーや、コンビニで買ってきた惣菜で済ませている」

と、言葉少なに、話しはじめる。

それをなんとかできないか、と思いはじめた頃、知美さんのほうから、「正式な結婚」を、勧められたのだった。

そして、去年の夏に、私がやってきて、夕食は四人で、一緒にとるようになった。

当番制で食事をつくり、食卓に、家族の団欒（だんらん）が戻ってきた。

私が家族の潤滑油になってあげられるといいなと思い、引越してきたのだが……。

もう淋しくはない

「おひとりさま」の人生を、自由に送ってきた者が、誰かと同じ屋根の下に暮らす自分を想像して、いちばん心配になるのが、「生活習慣の違いや価値観の違いで、日常のちょっとしたことで、衝突したり、相手に合わせなければならない」ことだろう。

そんな煩わしさを味わうよりも、ひとりで気楽に暮らしたい、誰にも束縛されないこの自由さは、何ものにも代えられないものだ、と考えている独身の女性は多い。いや、男性も、そういう人が増えていると聞く。

まさに、非婚時代の到来だ。

厚生労働省の統計によると、私が最初の結婚をした、一九七〇年代の半ばには、約10%あった婚姻率（人口千人当たり）が、いまでは、約4%にまで落ち込んでいるという。

そんな昔にまで遡らなくても、結婚しない人の数が、二〇〇〇年から二〇二〇年のあいだに、男性は二・二倍、女性は三・一倍ほど、増えているそうだ。

そして、結婚していない理由となると、内閣府の調査では、男女ともに、一位は「適当な相手にめぐりあわない」だが、二位になると、男性は「生活資金が足りない」であるのに対して、女性は「自由や気楽さを失いたくないから」との回答が、40％近くに及ぶのだという。

他人と暮らすのが、煩わしい。自由でなくなるのは、真っ平だ。

それがおひとりさまの、特に、働く女性の、「結婚しない」理由なのだろうか。

私も、仕事が忙しかったときは、ずっと、似たような感覚を持っていた。

仕事と家事育児の両立は、ほんとうに大変だったし、離婚して、育児の半分を両親に頼り、息子が、高校から海外留学をしてからは、仕事オンリーの生活が、どれだけ自由で、充実していたことか。

そんな頃は、〈バツイチ女〉の寂しさを、感じる隙もなかった。

同性だけでなく、信頼できる男友達もたくさんいて、たまに訪れる恋愛めいたドキドキも、いっとき味わえば十分だった。

でも、考えてみれば、それも五〇代までのこと、ではなかったか……?

六〇代の声を聞くと、日本の女には、異性との出会いがなくなる。

そうなると、誰かと共に生きることなど、「望んではいけないこと」になっていく。

私もそうだった。

ついこのあいだまでは、「単身」あるいは「独身」を、「おひとりさま」と言いかえて、シャンと背筋を伸ばしているのが、当たり前な日々だったのである。

「孤独を友として生きよう」と、心底、思って生きていた。

「人間、どうせ死ぬときはひとり。どんなに愛する伴侶がいたって、一緒に死ねるわけじゃなし」

「出会ったばかりの人と、いま更、一緒に暮らす煩わしさを考えたら、新しい出会いなんて、求める気さえしなくなるの」

と、本気で思っていたのである。ついこのあいだまでは。

ところがいま、私が何気なく言った言葉に、逸平が、あるときはコロコロ、あるときはクスクスと、笑っているのである。そんなときは、

「何が可笑しいのよ?」

と言いながら、彼を笑わせるのが、どんどん好きになっている、自分に気づく。

「そういえばあなた、私と一緒に暮らすまでは、笑うことなんて、なかったでしょう?」

と、いかにも恩着せがましく、聞いてしまう。

「そんなことないよ」

彼も、ムキになって答える。

「たとえば、どんなときに笑ってた?」

「たとえば……、ラジオで、志ん生の落語とか、聴いてね。よくゲラゲラと、声を出して笑っていたよ」

「志ん生!? 古いわねぇ! いったい、いつの話をしてるの?」

「君と知り合う前だよ。ついこのあいだまでだ」

そういう他愛もない話で、二人一緒に笑い合う。

ひとりで暮らしていたときには、なかった楽しさだなぁ、としみじみ思うのである。

学問にしか興味がない、と思っていた彼に、実は、落語を聴く趣味があったのかと、新しい発見をして、

「ねぇ、今度寄席に行ってみない?」

と口にするなど、ついこのあいだまでは、思いもしないことだった。

仕事や、自己実現で忙しい頃には、考えもしなかった、ささやかな幸福。

それが、いまの逸平との暮らしには、ある。

有難いと思う自分が、いるのである。

「いまは、まだ結婚などしたくない。でも定年を過ぎたら、誰かと出会い、共に生きてもいいかもしれない」

誰もが、そんなことを、自然に考えられて、それが普通に、当たり前に、実現できる世のなかになるといいのに……。

日本の社会は、高齢者になると、縛りが多すぎるのだ。

「いい歳をして」なんて、言葉や発想がなくなれば、死ぬまで楽しく、愉快な日々が、過ごせるはずなのに。


それにしても、高齢者がこんなにも、肩身の狭い社会になったのは、いったいいつの頃からだったろう？

自分も若い頃は、高齢者のことなど、考えもしなかった。

それがいま、すべてを高齢者目線で、捉えたり考えたりしている。

だから、腹が立つことが多いのである。

腹の立つ最たるものが、電車に乗ったときに見かける、若者たちのマナーだ。

私たちは多摩川縁に住んでいるので、よく、小田急線を利用するのだが、比較的混んだ電車に乗ると、シートに座った若者が、サッと下を向いて、スマホの画面に夢中になるか、眠ったフリをする。

日本の都会では、若者が老人に席を譲るなど、滅多にない光景だ。

逸平は七〇代の頃、夏にはドイツに行って、ミュンヘン郊外の避暑地で、書きものをしていたという。その頃の思い出話を、よく聞かせてくれる。

彼の国では、彼が電車に乗ると、誰もがさっと席を立って、席を譲ってくれたそうだ。また、手にした重い荷物を、網棚に載せようとすれば、必ず親切な手が伸びてきて、載せてくれもした。

社会全体に、思いやりの文化が浸透している、ドイツで過ごした日々を、小田急線に乗るたびに、懐かしく思い出すのだという。

「あのときの僕は、まだ七〇代だよ。でも、日本では目の前の若者が、九〇代の僕を平気で無視して、スマホ・ゲームに、夢中になっているんだからね」

そんな彼が、彼の地に行って、最初に身につけたドイツ語が、

「ご親切に、ありがとうございます」という言葉だった、と話してくれた。

年齢を重ねれば重ねるほど、社会からの疎外感を、おぼえずにいられないなんて、それだけでも「日本は、上等な国ではないな」と思ってしまう。

「自由と気楽さを失いたくないから、結婚はしたくない」という非婚の理由と、電車で席を立とうとしない若者の姿とは、どこかでつながっているような気がするのだが、どうだろう？

誰もが、自分の目先のことだけに夢中で、わがままになっている国に、明るい未来が、待っているとは思えない。

そんなことは、仕事が現役の頃も、ひとり暮らしをしていたときにも、気づかなかったことだ。

老いの日々とは、とても小さな、人間らしいことにこそ、愛おしさを感じ、味わう時間なのかもしれない。

たとえば若い頃は、あまり大切と思えなかった、親や先祖の、位牌である。

これがいまでは、まるで自分の宝物のように感じているのだから、不思議なものだ。

私は、逸平と再婚してから、まだ、きちんとした引越しというものをしていない。

我が家にあった仏壇の位牌二つと、線香立てと蠟燭立てと、鈴、それだけを、衣類と一緒にボストンバッグに詰めて、運んできた。

そしてそれらを、書棚の一隅、彼の亡き妻治子さんの、笑顔の遺影が飾られたところに、一緒に据えて、毎朝、線香を上げて、手を合わせている。

そうした、若い頃には気の回らなかったことが、老いたいまの私にとって、大切な関心事になっている。

また、逗子で、ひとり暮らしをしていた頃、私はいったいどんな「死のとき」を迎えるのだろうと、しばしば考えては、マンションのリビングルームに倒れた自分が、誰にも気づかれず、やがて腐敗していく……というような図を、何度も頭に浮かべたものである。

ところがいまは、そういう寂しい光景が、思い描けない。

もちろん順番で言ったら、逸平が先に死んで、私はまた、ひとり残される身になるのだろう。それはわかっている。

それでもいまは、やがてくるだろう、逸平を介護する日々を想像するのが精一杯で、自分のことまでには、行きつかないのだ。

この人が、「死のとき」を迎えるまで、こういうことをしてあげたい、ああいうことを一緒にしたい……そんなことばかり考えては、「おひとりさまを卒業して、よかった」と思うのである。

そういえば、この夏、九一歳で亡くなった在日の作家・高史明さんが書いていた言葉を思い出す。

「淋しいこころの持ち主が、いまひとりの淋しいこころの持ち主と出会うなら、その二人は、もはや淋しいひとりではないのである」

いい言葉だ。

いまの私たちが、正にそんな心境である。


朝、目を覚ますと、隣の逸平が、天井を見ながら、また何か考えているようだ。

「何を考えているの?」

「いやね、あなたと会わなかったら、自分はいま頃、どうしていただろうと思ってね」

「それは、これまでのまま、ではないの?」

「朝起きて、娘夫婦のために、毎日のゴミ捨てをして、ひとり、いつもの焼き芋入りの朝食をとる」

「あ、私が来てからも、ゴミ出しと朝ごはんづくりは、あなたの仕事ね。何も変わっていない」

「いや、変わったよ。いまはあなたと二人で、朝ごはんを食べている。あと、二度の食事は、あなたにつくってもらえるし、一緒にジムに行くのも、帰りにスーパーで買い物をするのも、楽しいよ。もう、ひとりではないと思える」

「なら、よかった。私も、もう、ひとりには戻らない」

そんな会話をして、一日が始まる。

さしあたってしなければならないことが、何もない一日が、ただ、互いの元気を確認し合うだけで、穏やかに始まる。

それが老夫婦の、当たり前の日常だ。

第二章

家族という、この不可思議なもの

突然の嵐

——四人で話し合いたいことがあります。時間をつくってもらえますか？

家族のグループＬＩＮＥに、逸平の娘・知美さんの夫の昌彦さんから、メッセージが入っていた。

一月五日、朝食の片づけを済ませて、逸平と、お茶を飲んでいたときのことだ。

知美さん夫婦とは、結婚して、私がこの家に越してきた、去年の夏から、同居していて、四階建ての大きな家の、一、二階は娘たちのスペース、三階が逸平と私のスペース、そして四階が客間、という形で住み分けていた。

世にいう二世帯住宅と、一点違うのは、キッチンとダイニング・ルームが、二階にあって、食事を二夫婦が一緒にする家、という点だ。

話し合いたいことがある……。なんだろう？　胸騒ぎがした。

大晦日から三が日にかけては、知美さんの娘の茉莉さんが、泊まりにきていたし、昨日は、親類のTさんご夫妻が年始の挨拶に来られて、このところ毎日顔を合わせ、一緒に食卓を囲んでいる。

だのに、改まっての話とは、いったいなんのことだろう？

約束の時間に、二階に行くと、ダイニング・テーブルのいつもの席に、知美さんと昌彦さんが、神妙な面持ちで座っていた。

私たちが腰を下ろすなり、昌彦さんが切り出した。

「知美が、多華子さんが怖くて仕方ない、と言うんですよ。顔を見ただけで、過呼吸になるほどだと。困りましたねぇ」

「怖い？　……私が……？」

狐につままれたような気持ちだった。

助けを求めて、視線を移した知美さんと、目が合うと、

「ずっと我慢してきたけど、もう耐えられないの」

絞り出すような低い、声で言った。

この家に来てから約五ヶ月、思い出す限り、これまで一度として、衝突したり喧嘩

をしたりした記憶もない。

それを怖いとは、いったい、どういうことだろう？

突然の、思いがけない事態に、頭が混乱して、何をどう判断していいか、わからなかった。

「知美が、ここまで深刻になってしまったからには、いずれ僕たちが、この家を出ることも、考えなきゃならないと思ってますよ」

昌彦さんが、突き放すような調子で言った。

そもそも、逸平と私に、正式な結婚を勧めてくれたのは、他ならぬ知美さん夫婦である。

籍のことなど、どうでもいい、と考えていた私たちに、

「もしパパが、入院でもすることになったら、正式な家族になっておかないと、見舞いにも行けないのよ」と言って。

コロナ禍のいまだからこそ、「入籍」が大事なのだと。

普通なら、この歳になった親の再婚を、真っ先に反対するのが、実の子どもたちだと聞いてきた。

逸平は、もうじき九〇歳。子どもの立場からすれば、財産目当てに騙されている、

と思われても仕方ない年齢だったが、二人が、全面的に喜んでくれていることが、最初に会ったときからわかって、嬉しかった。

「なんてできた娘なの？」「あなたはほんとに、運のいい人ね」と、周囲の誰からも、羨ましがられた結婚だったから、そんな祝福の嵐に、気が緩んでいたのだろうか。

しかし、そのいっぽうで、家の間取りを聞いた何人もが、

「若い嫁と姑のあいだでも、最初に揉めるのが、台所の問題というよ。キッチンがひとつというのは、よほど気をつけたほうがいいね」

と、アドバイスしてくれていたのである。

それなのに、当時の私は、ただ楽観的だった。

楽観的である理由のひとつは、逸平が、全面的に私を信頼してくれているという、ゆるがぬ実感があったからだ。

私自身、すでに七〇代の後半になって、小姑に気を遣ったり、義理の娘の顔色を、窺うような暮らしが予想されるなら、いま更、結婚などしたくない、と思っていた。

もちろん、賢明に先を予測すれば、最初から、二人だけで気楽に暮らす術を、考えた方がよかったのかもしれない。

しかし、そんな心配は、世間一般の家族の場合で、知美さん夫婦は、そういう月並

みな人たちではないという、根拠のない信頼があったのだ。

若い人たちと暮らすほうが、楽しいはずだと、疑いもなく思っていたし、何より、九〇歳を越えた逸平に、環境の変化という負担を、かけたくなかった。

そして、知美さんももう、五〇代の半ば、生活習慣に多少の齟齬（そご）はあっても、そこはお互い大人同士、やり過ごしたり、黙認したりしていくことだろうと、ポジティブに、楽観的に、捉えていたのである。


ところが、これは思いのほか、深刻な問題かもしれない……と気づいたのは、つい四日前、家族一同で、元旦の祝膳を囲んでいたときのことだった。

皆で「明けましておめでとう」と挨拶をしあった後、テーブルに並んだおせち料理を、食べはじめた若い三人が、まったく無言なのである。

直感的に、不安に襲われた。

私のつくった料理が、口に合わないのだろうか？

それとも、食卓いっぱいに並んだ、おせちの品数と量に、「これを、ひとりでつくったのよ」と、さも自慢げに主張している、と見えてしまったのだろうか……。

私にしてみれば、毎年、当たり前にやっていることが、嫌味な自己顕示と受けとられてしまったのなら、あまりにもやるせない……。

そんなことを考えていると、やがて三人ともに、食卓の上に置いたスマートフォンを手にとって、それぞれに、画面を眺めはじめた。

咄嗟に隣を見ると、逸平はいつもと変わらず、黙々と、箸を口に運んでいる。


部屋全体を、気まずい空気が覆っていた。

やがて、雑煮を一口啜った、孫娘の茉莉さんが、

「うまい!」

と、声を張り上げた。私は思わず、

「美味しい? 嬉しいわ、そう言ってもらえると」

救われたように言っていた。

すると知美さんが、

「私たちが何も言わないからね」

ぼそっと、呟いたのだった。

その棘のある言葉で、思い出した。

私がこの家に来て間もない頃に、つくった料理の何を出しても反応がなく、昌彦さ

んと、何か別の話をしながら、食べているので、

「美味しく食べてもらっているか、どうかもわからない。たまには何か言ってほしい」

というようなことを、逸平に吐露したことがある。

そんな私の気持ちを知って、彼が、

「我が家の悪い習慣は、直さなきゃいけないね」

と、知美さん夫婦に、言ってくれたと、聞いていた。

そんなことを、彼らへの不満と受けとって、根に持たれていたのだろうか?

私たちの結婚を勧めてくれた知美さんは、異国での暮らしが長く、日本の嫁姑的な因習に縛られた人ではないと、安心しすぎていたかもしれない。

若い二人に、食べさせたい一心で、フランス料理の本を、何冊も買い込んで、ほぼ毎日、夢中で料理をつくってきた数ヶ月。

一緒に食事をするのは、晩ご飯のときだけだったが、これまでつくったことのない料理に挑戦するのも、楽しくて仕方なかった。

でも、それも自己満足でしかなかったのだろうか?

思えば、いつの頃からか、朝のキッチンで顔を合わせたときに見せる、知美さんのつくり笑いに気づいていながら、そのたびに、疑問を打ち消してきたではないか。

その夜、知美さんの訴えを聞きながら、この家に来てからの私は、いささか無邪気すぎたかもしれない、と考えていた。

いっぽうで、知美さんの私への批判が、なにひとつ、胸に響いてこないのも、感じていた。

「あなたの顔を見ると過呼吸になる」と言われても、それが私には、遠い彼方で起きていることのように、現実感が薄いのだった。

そういえば、以前、母親の治子さんが生きていた頃の、折り合いが悪かった母娘関係について、彼女から聞いたときも、

「あの人が、私の後ろを通り過ぎただけで、過呼吸になるの」

と、言っていたのを思い出す。

誰の目から見ても、ヨーロッパ育ちの、意志の強い女性に見えた彼女と「過呼吸」というフレーズが、どうしても結びつかなかった。

それよりも、知美さんが滔々と、私を批判して語る、どの言葉にも、私がここを変えれば、彼女との関係を好転させられる、と思える要素が、見つからないのだった。

「この人の苦悩は、この人自身のものであって、私はこの女性のために、何も変えて

あげることができない」
と、とても冷めた気持ちで、思っていた。

考えてみれば、私たちのように、高齢になってからの再婚の場合、その目的は、新たな家族をつくるため、ではなかった。

あくまで本人同士が、やがてくる死のときまで、「共に生きたい」という、強い意思を持っての行為だった。

つまり、突きつめて言えば、相手の家族のことなど、私にとってはどうでもいいこと、としか思えないのである。

それより逸平が、知美さんの心変わりを、どう考えているか、それが問題だった。

知美さんは、幼い頃から、母親との折り合いが悪く、父親は、つねに二人のあいだに入って、娘の盾になって、過干渉な母親から、娘をかばってきた、と聞いていた。

ひとり娘の人生の、大半を同居してきた老父にとって、この娘の反乱は、どんな風に映っているのだろう。

九〇歳の父親の体験としては、あまりに酷なものと思えて、気の毒でならない。

そんなことを考えていたとき、逸平が、話し合いを終わらせるように、叫んだ。

「よし、わかった。もう食事を一緒にするのは、やめにしよう。元に戻るんだ。台所を、それぞれ別の時間に使うようにする。それでいいね」

彼の、いつにない断定的な物言いに、皆が「今日の会議はここまで」と悟って、席を立った。

同居解消

自分の部屋に戻った。

デスクの前に座って、先ほどまで知美さんから浴びせられた、私への批判の言葉を反芻(はんすう)するうち、突然脳裏に、三〇年近く前、はじめて映画監督の仕事に挑戦したときの体験が、よみがえった。

アメリカ・ルイジアナ州の現場で、撮影のスケジュールを半分ほどこなしたところで、主演の女優さんから、唐突に「この作品を降りて、日本に帰りたい」と言われた、苦すぎる思い出。

理由は、監督の私の振る舞いが、我慢ならない、ということだった。

あのときも私は、自分と同い年のベテラン女優さんに、全幅(ぜんぷく)の信頼を寄せていた。

自分に与えられた仕事に、まっすぐ、邪念なく打ち込んでいれば、この人が初対面の席で言ってくれたとおり、誰よりも自分を理解してくれ、応援してくれるはず……と、思い込んでいたのである。

しかし、甘かったのだ。映画監督の仕事とは、そんな甘っちょろいものではなかった。

主演女優に降りられてしまったら、作品は、あと半分の撮影を残して、何もかもが消えてなくなってしまう。

そんなことになれば、製作資金の調達で、世話になった人びとにも、顔向けができない。

結局あのときは、女優さんがなんとか最後まで、仕事をやり終えてくれたので、大事には至らず、映画は無事完成したが……。

私のこれまでの人生で、最も過酷な経験だった。

久しぶりにあの日の地獄、五〇歳の未熟すぎた自分を、思い出していた。

と、逸平が部屋に入ってきた。

背後から、肩にのせてくれた手が、温かい。

その温かさに、先ほどまでの話し合いが、二人の関係に、なにひとつ、影を落としてはいない、と感じることができた。

「知美は、あなたへのコンプレックスと、自分のプライドが、ごちゃごちゃになっているね。あとは、父親をとられた、娘の嫉妬だ。だからあなたは、自分のせいだと思う必要はないよ。あとは僕に任せて」

これまで、仲の良さが自慢だった父と娘が、自分のせいで、疎遠になってしまうのだろうか。

そんなことは、彼の年齢を考えれば、あまりにも酷なことに思える。

いっぽうで、いま七六歳になった私は、人生にはどうにもならないこともあることを知っていた。

つい最近「この歳になって、どうにもならないことを、自分の力でなんとかしようというような、無駄な努力はやめよう」と、決めたばかりだ。

そう、人生の最終章で出会った逸平が、「あなたはあなたのままでいい」と言ってくれるなら、彼の言葉を信じて、これからは「自分のままで生きよう」と、決めたばかりである。

キーワードは、「傲慢」だったり、「不遜」だったり、という類いのものだ。

それはもしかしたら、私の、生まれたときからの、個性だったかもしれない。

家庭でも、通った学校でも、私は、周囲の友達よりも、少し多めの、少し強めの、エネルギーを持つ子どもだった。

それで集団生活のなかでは「嵩張る」、「嵩高い」存在に見えて、疎まれることが、よくあった。

もっと平たく言えば、コミュニティのなかで、「女王様気質」を持つ女性に、何故か嫌われたのである。

また思春期以降は、「支配欲の強い男」から、煙たがられたり、疎まれたりもした。

それでいつの間にか、皆に受け入れてもらうためには、「自分のままであってはいけない」と、思い込むようになっていった。

傲慢と思われないように、不遜に見えないようにと、自らを戒めながら生きてきたつもりが、ときに、そんな信条を、忘れてしまうこともあった。

映画の現場での「女王様」は、主演女優である。

だのに、自分が助けてあげようと思っていた人が、はじめて監督をするからといって、「私を差し置いて、あなたが女王様になってどうする？」ということだったのだろう。

それが初監督をした、ルイジアナでの試練だった。

また、影山家の女王様は、ずっと、知美さんだったし、知美さんでなくてはならなかった。

が、気がつくと、この私が、いつの間にか、意気揚々と、家のなかの一切を取り仕切る女王様になっていた……ということなのだろうか。

私は、いつもいちばん大事なときに、取り返しのつかないような、ヘマをする。

「やっと会えた。このひとが私の最後のひとだ」と、逸平に会って心から思えたのは、彼が、ほんとに生まれてはじめて、「あなたはあなたのままでいい」と許してくれたからだった。

こんなひとには二度と会えない……と思って、この家にやってきた私は、さぞかし浮かれていたにちがいない。

家事や料理にも、若い二人の気持ちを無視して、張り切りすぎていたかもしれない。

そして、やってきたこの家で、最愛のひとの、最愛の娘から「あなたが女王様であるのは、許さない」と、たったの半年で、言い渡されてしまうなんて。

人生とは、なんと皮肉なことであろう。

それでも、以前のように悩んだり、落ち込んだりすることがないのは、年の功というものだろうか。

もう、考えても解決しないことを、クヨクヨと考えることはしない。それも七〇代になって身につけた、処世術であるのかもしれない。

いや、それよりも、逸平が全面的に承認してくれているので、私は、どんどん楽天的になっている。

誰かに信頼されていれば、心がこんなにも自由になれる。

それも、逸平と一緒になって、はじめて知ったことだった。


一月五日の話し合い以降、私の加わらない、親子三人の話し合いが、何度も重ねられていた。

二階の、ダイニング・ルームでの会議のあいだ、私は三階の部屋で、それが終わるのを待ち、逸平は、話し合いが終わるたびに上がってきては、その内容を、丁寧に報告してくれた。

「今日はね、『もう元には戻らない。子どもの犠牲になる人生は終わりだ』と、宣言したよ」

「ほんとに？　あなたにそんなことが、言えたの？」

逸平は、きついことが言えない。誰に対してもだ。

「言えたさ。知美は驚いただろうね」

と言って、小さく笑った。

そんな会話をするたびに、この歳まで、親子が同居していた影山家の家族の実態が、私の貧しい想像力では、わからなくなるのだった。

「もとはといえば、我々夫婦の在り様が、問題だったのだけどね」

もっと、私にもわかるように説明してほしい、とは言えずにいると、

「虚構の家族だったんだな」

逸平が慚愧に堪えない、といった面持ちで言った。

家族とは、こんなにも簡単に、壊れてしまうものなのか……。

やはり私には、理解しかねることが、多すぎると思えた。

親子の話し合いを重ねるうち、知美さん夫婦が、この家を出ていくという事態は、どんどん、現実のものになっていくのだった。

やがて、彼女たちの居室は、一階に移され、二階には、引越し用の段ボール箱が、うず高く積み上げられていった。

家族ってなんだろう？

家族ってなんだろう？

これは古今東西、時代を超えて、世界中の人びとが考えてきた、普遍的なテーマだと思う。

家族ほど、誰にも共通して、重要な主題は、ほかにないのではないか。

「家族は、仲良くなければならない」とか、「血のつながった家族ほど、大切なものはない」といった、思い込みや常識に、私たちは、どれだけ縛られてきたことだろう。

実際は、仲が悪かったり、関係が壊れている家族が、ゴマンとあるというのに。

もちろん、仲がいいのに越したことはない。しかし実際は、家族にまつわる固定観念の呪縛のせいで、不幸になっているケースが、山ほどあるような気がする。

今回、思いがけず、再婚をしたことによって、また、夫となった人の家族との、予期せぬトラブルが起きてしまったために、改めて、「家族とは?」というテーマと、向き合うことになった。


私は、祖母、母、そして私たち四人の子のうち、三人が姉妹という、女中心の家族のなかで、男は、気弱な父と、いちばん下の弟だけという、女性上位の家庭に育った。

そして、二〇代の前半に、そんな家族の一員から逃げ出したい一心で、結婚をした。強い男に憧れて、彼とともに、自前の家庭をつくろうと、息子をひとりもうけたが、私が夢見た家族像は、「はかない幻想だった」と、すぐに知ることになる。

そして、家族を守るために重ねた、努力と試行錯誤は、結局実を結ばず、ついに一〇年後、青すぎた結婚生活に、自らの手で終止符を打ってしまった。

愛したはずの夫が、つくろうとした家庭は、彼自身が育った、昔ながらの家父長制根強い家族像を踏襲するものだった。

横のものを縦にもしない夫と、日々、はらはらと、夫の横暴な要求にしたがう妻。

振り返れば、滑稽としか言いようのない、一〇年間の結婚生活を経て、私は、「単親家族」の道を選んだ。

そしていま、遠くヨーロッパの地に暮らす、「単親家族」の息子は、自分がつくったノルウェー人の妻との家庭を、母親同様、自らの手で壊して、元妻と暮らす一〇歳の息子と、頻繁に会える距離にいたいからと、ドイツ・ベルリンの地に住んでいる。

この夏、ベルリンの息子とノルウェーの孫が、再婚した私と逸平の住む、この多摩川べりの家にやってきて、三週間ほど、生活をともにした。

その間、四人で旅に出て、南紀州の熊野古道を歩いた経験は、素晴らしかった。

息子と私が先導して、九〇歳の夫と、一〇歳の孫と共に、熊野古道を歩く。

彼らが帰郷すると決まってから、ずっと、頭に思い描いていた、私の夢が実現したのである。

旅の前日に、息子がプレゼントしたステッキを、逸平は、人生ではじめてと思えないほど、巧みに操りながら、木漏れ陽のなかを歩いていた。

孫が、その背を見守りながら、汗を拭き拭き、ついていった。

歩く区間は、熊野古道全体の、ごく一部だったけれど、九〇歳も一〇歳も、予定の十数キロを、泣き言ひとつ言わず、歩き切った。

旅のほかにも、横浜や表参道に、買い物に出かけたり、家に友達を招いて、息子のつくったロースト・チキンに、舌鼓を打ったり……と、仲のいい「家族ごっこ」をして過ごして、楽しかった。幸せだった。

ところが、その家族の輪のなかに、去年の夏は一緒にいた、知美さん夫婦の姿がなく、孫娘の茉莉さんも、いなかった。

たった一年で、あれだけ幸せいっぱいで、老親の再婚を祝う会をした家族が、こんなふうに、あえなく散り散りになってしまうのか……。

知美さん夫婦は、五月の半ば、大きな荷物は残したまま、この家を出ていった。それっきり、何の連絡もない。

もちろん住所は知っているが、「パパ、元気にしてる？」といった、電話の一本も、ないのである。

家族ってなんだろう？　と、また考えてしまう。

考えて、そして、思い直す。

逸平と二人で暮らすようになって、私がこんなに楽になったのだから、知美さんも、さぞかし自由になったことだろう。

もともと、家族だからと、縛り合う必要なんてないのだから、と。

そのいっぽうで、逸平が、三〇歳を迎える直前に結婚した、妻の治子さんとは、いったいどんな家庭をつくってきたのか、ひとり娘の知美さんにとって、どんな父親であったのかが、気になった。

そしてそれは、彼自身が育った、家庭環境を聞けば、なんとなくわかるようにも思えた。

人の性格や、陥りがちな行動パターンの大半は、幼い頃に、どんな家庭で育ったかで決まる。誰の人生も、そうではないか。

逸平は、昭和八年、工業地帯川崎の中心街で、燃料店を営む影山商店の、三男に生まれた。

そして、彼が、一〇歳になるかならずで、父親が病死してしまった。

そのせいか、昭和の男でありながら、逸平は、家父長制の影を背負っていない。

いま、妻となった私に対しても、もちろんだが、先妻の治子さんにも、「妻はこうあるべきだ」と、押しつけたり、娘の知美さんに対しても、強く、父権的な親だったりするところが、まったくない男だったようだ。

じっさい、たとえば彼と再婚してからの私がやっていることは、昼と夜のご飯をつくることと、家のなかの掃除、そして、洗濯機を回すことぐらいである。嫌いな掃除は、いい加減に、好きな料理は、ちょっと丹念にするだけで、どちらも、妻となったからの、役目ではない。

いっぽう、毎朝のゴミ出しも、朝食をつくるのも、毎食後の食器洗いと片づけも、洗濯物をたたむのも、クリーニング屋に出しにいくのも、その引き取りも……、日常的に繰り返される家事の大半が、逸平の仕事なのである。

私にしてみれば、彼は再婚する前も、ずっとその習慣を続けていたので「元気なうちは、彼の仕事を奪わないほうがいい」と、都合よく決めこんでいるだけだ。

そして、それらの仕事が、苦もなくできるということは、「家事は、女の仕事」という固定観念が、彼には皆無だからだろう。

つまり、逸平は、根っからリベラルな人で、親になっても、我が子の教育のために「父親はこう振る舞わなくてはならない」といった、〈べき論〉のたぐいを、まったく持たない男だったのである。

もちろん、そうした影山逸平の個性こそ、私がこの歳になって、再婚を選択した、大きな理由のひとつでもあるのだが。

いや、もしかしたら、幼くして父親を亡くした彼には、そもそも、自分のなかに構築した、「父親像」も「夫像」も、なかったのかもしれない。

若くして、夫と死に別れた逸平の母親は、優しく強い明治の女で、三男の彼は、とにかく「母を助けたい」という思いが、人一倍強い息子だった。

また、第二次世界大戦がはじまったばかりの頃に、出征した長男が、中国で戦死するという、あの時代に、多くの庶民家族が背負った不幸に、影山家も、ご多分にもれず見舞われていた。

戦争がらみのそんな境遇も、逸平の人格形成に、大きな影響を及ぼしていたようだ。

「長男が戦死したばかりか、次男も、志願して土浦の海兵隊に入隊してね。特攻隊の一員として、出撃を待っているあいだに、敗戦になった。その頃僕は、中学に上がったばかりだったが、やがてその次男が、特攻崩れの暴君となって帰ってきてね。日本のファシズムそのものの兄が、家のなかで見せる、殴ったり、蹴ったりの横暴を、我々弟たちは、心底憎んで育ったんだよ」

幼い頃に父親を亡くし、母親に頼られながら、厳しい次兄の姿を、反面教師にして育った逸平は、人一倍、心の優しいひとだ。

誰に対しても、自我を押しつけることがないので、すぐれた学者にはなれても、教育者には向かなかったかもしれない。

そして、妻となった治子さんと、約六〇年にわたって築いてきた家庭は、夫婦それぞれが、社会的な成功をおさめた、人も羨むものであったろう。

六〇年の結婚生活のあいだ、互いの仕事には一切干渉せず、妻は名の知れた、夫は知る人ぞ知る、大学教授＝文学博士となり、理想的なインテリ夫婦であり続けた。

いつだったか逸平が、

「僕はね、若い頃から、妻の背中を追いかけるように、教師のキャリアを、積んできたんだよ」

と、話してくれたことがある。

子どもの頃から「男の沽券」などといったものに、縁のなかった彼は、治子さんと夫婦であったあいだじゅう、公私ともに、妻を支え続ける夫であり、彼女が望む夫像を、演じ通した。

そして、約六年前、世間的に名の知れた、影山治子教授が、八三歳でこの世を去ったとき、同い年の夫は、マスコミに、訃報記事を書いてもらうために、あちこちのメディアに連絡して、精力的に動いたばかりか、二度にわたる盛大な葬儀を、ひとりで取り仕切った。

後日、彼女が教鞭をとった大学で、お別れ会を開催するときにも、労を惜しむことなく奔走し、華やかに、盛大に、亡き妻が満足するかたちで、葬送の儀式をやりとげたという。

「彼女は、世間的な評価とか、社会的名声などを、絶えず求める人だった。そんな妻の個性を、生きているあいだは軽蔑したり、批判したりしていたのだけどね。死んだときは、どうしてか、本人の望むかたちで、送ってやりたいと思った」

「心から？」

「ああ、心からね」

聞きながら、「それが、影山逸平という男だ」と思った。

幼い頃、戦争によって家族を壊された男が、治子さんという伴侶とともに、家族をつくり、六〇年ものあいだ、その家族を守り通した。

そしていま、私には、

「残念ながらあの結婚は、擬制の結婚だった」

と言いながら、妻がこの世を去ったときには、

「あんなに一生懸命、人にも社会にも、尽くしてきたのにね、最後は孤立していた。ひとりぼっちだったんだ。それが、可哀想でならなくてね」

と振り返る。

私と再婚をした直後には、長野県の山のなかにある、公園に連れていってくれて、彼の尽力で植えた、治子さんの記念樹の生長ぶりを、一緒に見て、二人で手を合わせることもできた。いまではそれが、私たちのいい思い出になっている。

家族ってなんだろう？
家族にも、幸福にも、これと決まった形などない。
家族とは、やはり、それぞれの心のなかにある、「虚構」なのではないか？

自己犠牲のヒロイズム

最近は、だいぶ柔らかくなったけれど、ちょうど二年前、私がまだ彼の講座に通いはじめた頃の逸平は、ときとして、気難しい一面を見せることがあった。

もともと、口数が少なく、人づきあいが苦手な性格もあって、意識してかどうか、近寄りがたい雰囲気をまとっているので、けっして、明るい人とは言えないだろう。

二〇一七年の夏に、妻の治子さんを冥界に送った後、八〇代半ばの父親は、同居する娘たちと、ほとんど言葉を交わすこともなく、老いの日々を、ただ孤独感のなかで送っていたようだ。

毎日、午前中は原稿を書き、午後は健康維持のため、小田急線に乗って四駅先のジムに通い、三〇分ほどの運動をすると、サウナに入って汗を流す。

そしてジムの帰りには、駅前のスーパーマーケットで、自分の夕食のためのお惣菜を買って、家路に就く。

そんな、判で押したように規則正しい生活をおくる、孤独な老人。それが治子さんが死んだ後の、夫・影山逸平の姿だった。

「毎晩、テーブルの向かい側でね、娘夫婦が、自分たちの作った料理を、食べているんだよ。その前で僕は、買ってきたパック入りのお惣菜を、つついている。ときどき、娘たちの料理が、やけに美味しそうに見えて、『ちょっと食べてもいいか？』と聞くと、婿さんが『あ、どうぞ、どうぞ。よかったら食べてください』なんて、慌てて言ったりしてね」

娘婿に促されて、ようやく、娘たちの温かい料理に箸を伸ばす。そんな暮らしを、特におかしいとも、寂しいとも、思わなかったという。

週末になれば、神保町の古書店街に通って、古本市を歩いて、掘り出し物を見つけては、家に戻り、その書物を読んで、過ごす日々。

逸平老人は、そんな生活が、妻に先立たれた夫の、当たり前の暮らしだと、思っていたのである。

妻が生きていた頃もだが、娘夫婦と三人で暮らすようになってからも、毎朝のゴミ出しや、家の前の通りの掃除、町内会のつきあいなどは、すべてが逸平の仕事だった。

「俺がやらなくて、誰がやる?」

そう考えて、家まわりの仕事を完璧にこなすこと。それが九〇歳を迎える彼の、若さと健康を保つ、秘訣でもあった。

「僕が元気なうちはいいが、できなくなったら、この毎日のゴミ出しを、誰がやるんだろう」

などと考えながら、誰にも任せられない家事が、老人の張り合いにもなっていた。

そして、もしこの先、身体が不自由になっても、娘たちに介護してもらうなどは、望めない。

そろそろ、なるべく快適そうな有料老人ホームを見つけなくては……と考えていたところに、私との出会いがあったのだ。

その、出会ったばかりの頃の、逸平の口癖が、「自己犠牲のヒロイズム」だった。

「僕を支えてきたのはね、誰にも頼れない、自分がしっかりしなきゃという、〝自己犠牲のヒロイズム〟だったんだよ」と。

この家に来たばかりの頃、知美さん夫婦に、聞いたことがあった。

「どうして彼は、スーパーのお惣菜なんか買ってきて、食べていたの?」と。

できるだけ、責めている感じにならないようにと、気をつけながら。

すると二人は、カラカラと笑って、

「老人扱いして、あの人に、喜ばれると思いますか?」

「パパは、なんでも自分流にやらないと、気が済まない人なのよ。それに、あれだけ元気で、誇り高い男だもの。そのプライドを、尊重してあげなきゃ」

その答えのいちいちに、もっともだと思ったのだ。

知美さんたちが、特に冷たい家族だったわけではない。逸平のプライドをおもんばかっての、見て見ぬフリだった、との主張が。

しかし逸平は、私と一緒になってから、すぐに「妻のつくる家庭料理」が、当たり前になった。

たまに、私が仕事や友人との約束で、家を空けるときなど、「美味しいものを食べておいで。僕はジムの帰りに、スーパーの惣菜を買って帰るよ。それが惨めだなんて、これっぽっちも思わない人間だから」と言いながら、「ひとりで食事をするほど、味気ないものはない」などとも、口にするようになった。

そして気がつくと、いつの間にか、「自己犠牲のヒロイズム」という言葉は、滅多に言わなくなっていた。

一月に、「多華子さんの顔を見ると、過呼吸になる」という理由で、知美さんが「この家を出たい」と言い出してから、五月に引越しをするまで、私はもちろんのこと、父親の逸平も、同じ屋根の下に暮らしながら、ほとんど、知美さんたちと顔を合わせることがなかった。

引越しの日が、五月の一二日に決まって、その三日前から、私は父親と娘が、水入らずで、心置きなく話せるようにと、結婚した後もそのまま置いてある、逗子の部屋に戻っていたのである。

すると、引越し当日の午後四時頃、

「いま出ていったから。早く帰ってきてよ」

と、電話がかかってきた。

聞けば、私がいなかった三日間は、父と娘が、顔を合わせることもなく、引越し当日の午後三時から、荷物を積み終えたトラックの待つ玄関先で、一時間ほど激しく言い争って、別れたのだという。

逸平の、たったひとりの娘。

治子さんとの、母娘喧嘩のたびに「娘の盾になって、妻を叱ることが多かった」父親が、このような形で、その娘と別れることになるとは……。

私のせいだったのか?

自分を責めてみようとしても、またも、現実感が薄いのだった。

すべてのことが、起こるべくして起きたこと、のようにも思える。

私にできることは、「この人を大切にすること、それだけだ」と考えていた。

知美さん夫婦が、まだこの家にいた頃、逸平は、毎朝、眼を覚ましたベッドのなかで、何かを考えているようだった。

何を考えているかは、薄々わかったので、「何を考えているの?」とは、聞かなかった。

そして、知美さんが、家を出ていってからは、朝のベッドで、考えている様子が、次第に少なくなっていった。

広く、大きな家で、取り残された老人二人が、以前よりも、声を上げて笑うことが多くなり、過去のことや、未来について、ほかにもたくさんのことを、なんでも包み隠さず、語り合うようになった。

「僕はあなたに会うまで、自分のことや、己の胸の内で考えていることを、誰かに話すなど、一度たりとも、したことがなかった。そんなことは、あり得ないことだと思っていた」

「そうね、知美さんが、よく言っていた。パパは、自分のプライベートな話になると、『やめてくれ！』と言って、いつも席を立って、三階に上がって行ってしまったって」

「そうだった。ところが最近、多華子とこうして語り合うのが、当たり前になってきた。この作業が、どんなに大事かがわかってきたよ」

「そうなのね、ならよかった」

「僕と治子とが、長い時間をかけてつくってきた、夫婦の欺瞞や、いびつな家族の姿……それがいま、炙り絵のように浮かび上がって、見えてきたんだ。自分の孤立感を、〝自己犠牲のヒロイズム〟などと気取ってきたけれど、もうそんなものは、大量の本と一緒に捨てることにしたよ」

そんな話を、訥々とする。

もう、「自己犠牲のヒロイズム」なんていう、陳腐な虚勢を、張らなくていいのだ。互いを、形だけで縛りあう家族など、壊れたっていい。そんな幻想は、捨ててしまおう。

健康で、互いを大切に思える、伴侶がいる。それだけで、十分幸せだ。

私たちはそう思って、晩年の生き直しをはじめている。

「こんなものが出てきたよ」

四階の納戸で片づけをしていた逸平が降りてきて、一冊のファイルホルダーを差し出した。

見れば、遠い昔に治子さんが、大学生だった頃の知美さんに宛てて書いた、膨大な量の手紙のコピーだった。

「私が、読んでいいの?」

半信半疑で問うと、逸平が肯いて、

「ここに、普遍的な、日本の家族の姿があるよ」

と、言った。

読んでみたいのは山々だが、それでも躊躇いが、先に立ってしまう。だって、自分たちの秘密を、死後に、夫の妻となった人間に読まれるなんて、治子さんは考えもしなかっただろう。

そういえば、治子さんは、もう四〇年以上も前に、知美さんが海外で教育を受けることになった、家族の経験を書いて、その作品が出版され、ベストセラーになったことがあった。

「こうやって、とってあるということは、あとで本に書く資料にするか、誰かに読んでもらいたかったんだよ」

逸平に促されて読みはじめると、すぐに引き込まれて、止められなくなった。

万年筆で書かれた、長い、長い、何通もの手紙から、我が娘をどんな思いで育てたか、母親の切々たる情愛が、溢れんばかりに伝わってきて、胸が苦しくなるほどである。

そしてそこには、以前のベストセラー本にあったような、若き日の逸平と、治子さんと、知美さん、三人家族の幸せな日々の光景はなく、二〇歳になった娘に理解されない、母親の苦悩が、克明に綴られていた。

母親の住む東京、娘の住むミュンヘン、そして単身赴任で大阪に暮らす父親……と、家族は、物理的にも距離ができたように、心も、バラバラになってしまったようだった。

逸平の「自己犠牲のヒロイズム」は、すでにこの頃にははじまっていたのだろうか？

家族は壊れる。簡単に壊れる。

「壊れる」という言葉には、負のイメージがつきまとうけれど、実は、壊れることは、そんなに不幸なことでは、ないのかもしれない。

それぞれの想いが、食い違ったり、すれ違ったりしたときに、家族は壊れる。が、その想いは、因習や社会通念などによって、いつの間にか身につけさせられたものかもしれず、その人が主体的に選び取ったものかどうかは、わからない。

少なくとも、いまの逸平と私がつくりはじめた家族、私の息子と孫が営む、単親家族は、不幸でもなんでもない。

そして、この家を出ていった、知美さん夫婦にとっても、今回の選択が前向きで、幸福になるためのものであってほしい。そう願うしかないのである。

大物小物

ある朝、ダイニング・テーブルの向こうに座る逸平が、トーストを頬張りながら、呟いた。

「長いこと生きてきたが、とうとう大物にはなれなかったな」

思わず顔を上げると、小さく笑っている。

苦笑にも、恥ずかしがっているようにも、見える笑いだ。

真意がわからず、

「どういうこと?」

と訊いていた。

「ついに、テーブルのそちら側に、どーんと座って、出されたものを大様(おおよう)に食べる人間には、なれなかったな、と思ってね」

「馬鹿馬鹿しい。そんなことで、大物か小物かなんて。大袈裟よ」

だいたい、齢九〇を過ぎても、まだそんなことが、気になるのだろうか。

男というものは、摩訶（まか）不思議な生きものだ。

私が一笑に付して、話は終わったかと思ったら、彼が、また少し間を置いて呟いた。

「いつも、あなたが羨ましいと思ってね」

「なあんだ、皮肉？」

「皮肉じゃないよ、本気でそう思っている」

そんな会話から、大物小物談義が始まった。


逸平の一日は、毎朝の起床後、何十年にもわたって、自らに課してきたルーティンを、規則正しくこなすことからはじまる。

午前六時半、目が覚めて、ベッドを出ると、パジャマから、プレスのきいたワイシャツとスラックス（このスタイルを、もう数十年も変えたことがない）に着替えて、四階に上がり、ルーフ・バルコニーに出ると、晴天なら、朝の新鮮な外気を、胸いっぱいに吸いながら、簡単な屈伸運動をする。

運動を終えると、再び家のなかに戻って、洗面台で顔を洗い、髭を剃る。

髭剃りを終えて、二階のキッチンに降りると、昨夜のうちにまとめておいたゴミ袋を両手に家を出て、向かいのアパートの前の、ゴミ集積所まで運ぶ。

更には、ゴミ捨てから戻ると、毎日、判で押したように決まったメニューの、朝食の支度をはじめる。

少なくとも、大阪の大学教授の職を、定年で終えてからの二〇年間は、朝の儀式のような朝食づくりを、ルーティンとして続けてきたようだ。

それは、先妻の治子さんが生きていたときも、その後、ひとりになってからの数年間も、また、私がこの家に来てからも、なにひとつ変わらない、彼の規則正しい日常の、ひとこまである。

「その変えられなさを、小物だなぁと思うんだよ。あなたみたいに、朝食ができた頃に、悠然と降りてきて、台所から遠いほうの席に座って、当然という顔をして、食べられたらと思うのに、それができない」

たしかに。この家に来て、まだ一ヶ月過ぎたばかりの頃から、この家の女主のように、違和感なく溶け込んでいた。

知美さんは、そんな私の厚かましさが、我慢ならなかったのだろうか……と、またも彼女が出ていった理由を考えては、その思いを、素早く頭から追い出す。

逸平は、私が席に着くと、今日もトーストしたパンに、バターを塗って、その上にハムをのせて、差し出してくれる。

そんなこと、自分でできるのに……と思うほど、あれこれ誰かの世話を焼くのが、身についている。

そして、手渡されたトーストを、当然のごとく受け取って、

「ありがと」

素っ気なく言い、ムシャムシャと食べる私を見て、

「なんて大物なんだ……！」

と考えるのだそうだ。

笑ってしまう。大物の定義が、あまりにも小さすぎて。


彼は、前にも書いたように、幼い頃から母親のサポート役をしてきたせいか、誰にでも、何かしてあげることが、当たり前に身についている。

「男は、そんなことをするべきじゃない」などという、固定観念にしばられることもなく、また、少しの押しつけがましさもなく、自然にそうしている。

そんな自分を、「小物だ」と、思ってしまうのだそうだ。

いっぽう、四〇年を越える、長い独り身の暮らしを経て、いきなり影山逸平の妻となった私は、もう、「男を立てる」なんてことは、とうに忘れている。

若い頃は「朝食を、夫に作らせるなんて、女の風上にも置けない所業だ」と、あれほど思っていたのが、七七歳になったいまでは、そういう殊勝な考えなど、跡形もなく消えて、すこぶる自分本位な人間になっている。

もちろん、夫を軽んじているわけではない。逸平に対する尊敬の念は持ち続けている。が、男のために、台所に立つのが女の仕事、女に作ってもらったものを、食べるのが男の仕事、などとツユほども考えなくなったな、と気がついたとき、逸平のような男と出会った、というわけである。

なんて運のいいことだろう。

それにしても、彼の世間的なイメージと、実像とには、なんと大きな開きのあることか。

影山逸平は、昔から、如才ない人づきあいが、まるでできない人だった。

小学校の低学年の頃は、言葉もうまく喋れなくて、教師から、知的障害ではないかと、心配されたほどだったそうだ。

それが小学校三年生のときに、突如変身して、優等生になったのだという。長じて東京大学を出て、教職についてからも、日頃は極端に口数が少なく、無愛想なので、ずっと学生からは「怖い先生」と、恐れられてきたらしい。

だから、老齢になったいまでも「とっつきにくい」彼の世間的イメージは、「大物教授」風である。

本人が「どうして僕は、これほど小物なのだろう？」と、ペシミスティックに考えているなんて、誰も信じないだろう。

ところが、その「怖そうな影山先生」が、家のなかでは、威厳のようなものが、微塵もないのである。たとえば、

「ちょっとATMに振り込みに行ってくる」

と、出かける支度をしているのに気づいて、

「ATMなら、後でジムに行くときに、寄ればいいじゃないの。どうしてわざわざ？」

と訊ねると、

「あのね、ジムに貯金通帳なんか、持っていきたくないんだよ」

「なんで？　ちゃんと鍵のかかるロッカーがあるのに、どうして通帳をジムに持っていけないの？」

「そりゃあ、鍵はかかるけどさ……持っていきたくないんだ……あんなもの……」

と、モジモジグズグズ、口ごもっている。

そんな合理性に欠けた、彼の、逡巡と同居する、頑固さに、いつも私のほうが先にキレてしまう。

「ああ、じれったい！　ほんとに面倒くさい人ねぇ」

「あなたには、わからないだろうね。あなたが羨ましいよ」

嫌味でもなんでもない。それが影山逸平という男の、偽らざる気持ちなのだ。

妻と張り合おうともしなければ、杓子定規（しゃくしじょうぎ）で、石橋を叩いて渡るような自分の性分を、直そうとも、変えようとも思っていない。

ちなみに、彼の血液型は几帳面なA型で、私はアバウトなO型だ。


ところで、逸平がよく「大物だ」とか、「小物だ」とか言うのを聞いて、それは、男性特有の発想ではないか？　と思っていた。

女の私は、そういう物差しは持っていない、と。

ところが先日、逸平の前妻の治子さんが、遠い昔、娘に宛てて書いたという、たくさんの手紙のコピーを読ませてもらって、女性にも、そういう発想をする人がいることを、知ったのである。

かれこれ四〇年近い昔、ドイツの大学に通っていた知美さんが、

「私は、自立した女になどなりたくないの。平凡な主婦になりたいのよ」

と、母親への手紙で訴えているのに対して、大学教授であり、文学者として若い頃からその名を知られた、影山治子さんは、

「何を言っているの？　あなたは、幼いときから大物だった。大物になる器があったのよ。それをあなたを育てた、父親と母親は知っている。もっと自分に、自信を持ちなさい」とか、「私たちが育てた娘よ。大物でないわけがありません」といった言葉を、娘への手紙に、切々と書いて、諭していたようなのだ。

母の思いが、めんめんと綴られた手紙を読んで、まだ二〇歳の知美さんは、どれだけの重荷を感じたことだろう……と想像すると、胸が痛くなった。

親の期待を、知れば知るほど、子は、その期待に反発したくなる。

治子さんの、娘への手紙には、そんな娘の思いに斟酌(しんしゃく)する余地もなく、教育者ならではの、説得力があった。成功した母親の放つ、威厳があった。

手紙を読み進めながら、「可哀想に……」と、すっかり、娘のほうに感情移入している自分に気づいて、彼女と話をしたくなったが、その知美さんはもういない。

この家を出て、遠くに行ってしまった。

「多華子さんが怖いの。あなたの顔を見ると、過呼吸になるのよ」

という言葉を残して。

「父親がいてくれて、どれだけ救われたか」

と、彼女が繰り返し言っていた、たったひとりの、愛する父親を残して。

アルバム

「私の理想の男性は、お祖父(じい)ちゃんなの。でも、私の世代に、こんな人はなかなかいないわ」

最初に、逸平の家族との食事会に招かれたとき、孫娘の茉莉さんが、自分に恋人のできない理由を、そんな風に語っていた。

聞いて、嬉しそうに目を細めていた逸平の顔が、忘れられない。

隣に座る知美さん夫婦も、そんな娘の言葉を、微笑ましげに聞いていた。

成城のフレンチ・レストラン。二年ほど前のある夜のことだ。

茉莉さんは、典型的なお祖父ちゃん子なんだ……と思い、いい家族だなぁと感じたことも、逸平との再婚を考える、私の背中を押した一因だった。

誰かと知り合ったとき、家族との関係がどのようであるかは、その人の印象の良し悪しを左右する。

その点、影山家の、家族の第一印象は、上々だった。

生まれたときから、両親と祖父母と同居していた茉莉さんが、祖母が他界した後、ひとり暮らしをするために家を出て、逸平が、茉莉さんと会うのは、年に数度となっても、お祖父ちゃんは、彼女にとっていちばんの理解者であり、二人は、特別な絆で結ばれていたようだ。

だから、知美さん夫婦がこの家を出ていったときも、祖父に会いにきた茉莉さんの、「私は、どちらの味方もしないわよ。両方とこれまで通り、いい関係でいたいから」との言葉には、逸平も、ほっとした様子だった。

娘とは疎遠になってしまっても、子どもの頃から可愛がった、孫娘とつながっていれば「それでよし」と、前向きに考えていたのである。

その茉莉さんから、「おつきあいしている人ができたので、紹介したい」と、暮に連絡があって、私たちと茉莉さんは、初対面の青年を交えて、和気藹々(わきあいあい)と食事をした。

その席で、茉莉さんの子どもの頃の、思い出話に花が咲いて、逸平が、

「あの頃のあなたのアルバムが、まだ家にあるよ」

と言うと、二人が、子どもの頃の写真を見たいと言って、年明け早々に、アルバムをとりに来ることが決まった。

また、その席で、私のつくるパスタ料理の話になり、恋人の青年が、

「ぜひ食べてみたい」と言って、家に来たときに、その料理をご馳走する約束もした。

やはり、両親が家を出てからは、茉莉さんも、家に来るのは憚(はばか)られたのだろう。

外で会うばかりになった彼女と、久しぶりに家で食事ができることになって、逸平も、その日が来るのを、楽しみにしていたのである。

ところが、年が明け、約束の日の間際になって、

——その日、食事はできなくなったので、アルバムだけとりに行きます。

と、私のＬＩＮＥに、茉莉さんから連絡があった。

逸平が、大層がっかりして、

「正月に、皆で食卓を囲むのを、楽しみにしていたのに、残念だ。アルバムをとりに来るだけなら、わざわざ来なくてもいい。送るから、住所を教えなさい」

と、いつになく感情的な文言の、ＬＩＮＥを送ると、早速、茉莉さんから、住所と

ともに、

——よろしくお願いします。

と、他人行儀な返事が届いたのだった。

暮に会ったときは、私のパスタ料理を食べるのを、あんなに楽しみにしてくれていたのに、やはり知美さんから、何か言われたのだろうか。

大好きなお祖父ちゃんだけど、もう、家族としてはつきあわない、と決めたのだろうか。

逸平と娘家族とを、辛うじてつないでいた、細い糸が、切れようとしていた。


翌日から彼は、早速、家族のアルバムの整理にとりかかった。

戸袋から引き出して、リビングの床に積み上げられた、何十冊ものアルバムは、引越しのときに持っていかなかったのか、知美さんの子ども時代のものも、大量に残されていた。

逸平は、そのアルバムを、一冊ずつ開いては、何度も手を止め、時間をかけて見ている。

そして、ときどき思い直したように立ち上がっては、重いアルバムを持ち上げ、段ボール箱に詰めている。

その姿が、いかにも寂しげに感じられて、

「ずいぶんたくさんあるのねぇ」

と、声をかけた。

「ほとんどが、僕の撮ったものだ」

逸平はいまでも、散歩に行くときは、必ず、小型カメラを、ポケットに忍ばせて出かけるほど、写真撮影が好きだ。

大事なひとり娘の、子ども時代や、目のなかに入れても痛くないほど可愛がった、孫娘の成長ぶりを、写真に撮り続けた証が、そこにあった。

平和な過去の、家族団欒(だんらん)の証が。

もし私が、この家に来なかったら、ここが彼女たちの実家で、いつまでも、家族が集う場であったのだ、と思うと、申し訳ない気持ちにもなった。

そんな私の思いを察してか、逸平が改めて言った。

「あなたは気にすることなどないよ。僕は、普通のお祖父ちゃんではないから。書物に学び、ものを書くという、自分の世界を持っている。孫と会えなくなって、感傷的になるような人間じゃない。ずっと、自分の世界を生きてきたんだ」と。

その言葉は、自分自身に、言い聞かせているようでもあった。

そして彼は、こうも言った。

「知美にしても、茉莉にしても、子育てのあいだは、父親として、祖父として、全力で頑張ったからね。ほんとうに、思い残すことがないんだよ。これで却って、さっぱりするな」

そして翌日、茉莉さんのアルバムは、三つの段ボール箱に詰められて、本人の元に送られていった。

しかし、それが無事着いたという連絡は、まだない。


血がつながっているというだけで、家族は、どうして仲睦まじくなければならないのだろう。

もちろん、仲がいいに越したことはない。

しかし「家族仲良く」は、長年、人びとの心に深く根づいた、「思い込み」や「呪縛」に過ぎないのではないか、と思うことがある。

血がつながっているがゆえに、他人にはしない、要求をし合い、互いにもたれ合い、縛り合っている。それゆえ仲違いをする。

また、「世間体」を気にするあまり、見せかけだけは、仲良く振舞っている家族もある。

先妻の治子さんが生きていたとき、影山家は「傍目には、なんとか格好がついていた」と、逸平は言う。

「母親が死んだ後は、同居する父親が、九〇歳近くになっても、健康で自立しているのをいいことに、見せかけだけの、いい家族を演じていただけだ。やがて来るであろう、介護のときに怯(おび)えながらね」

「……。そこに、渡りに船のように、私が現れたというわけね」

「そうだ。だから正式な結婚を勧めた。彼女たちは、父親の僕が再婚して、あなたのマンションに移り住んでくれるのを、期待していたのかもしれないな」

その頃から逸平は、「晩年の生き直し」という言葉を、好んで使うようになった。

もう、家族のためには生きない。

自分のために生きて、死ぬんだ、と。

逸平と私は、個々の、自立した人間同士として、出会った。

その出会いは、偶然だったけれど、あえて「結婚」という形をとったのは、二人の意思によるものだった。

しかし、私たちの結婚は、新しい「家族」をつくるためではなかった。「個」と「個」が、互いを尊重し合いながら、それぞれの人生の、総仕上げをするために、二人で生きることを、選んだのである。

抑圧も忍耐もない、個々が自立した対等な関係は、どこまで可能だろうか？　という、人生の最終段階にもうけた、新たな課題の実現に向けて、私たちは、いまも挑戦している。

互いを慈しみ合いながら、穏やかに暮らす、年老いた夫婦の日々。そこに子や孫が、どうしても必要とは思わない。

孫を可愛がるのは、いかにも微笑ましく、批判する人はいないだろうが、それは何か、失われたものを埋め合わせるための、「代替行為」と考えられなくもない。

私たちは、「家族愛」という仮衣をまとって、たくさんの欺瞞に、見て見ぬフリをしてきた、と言えなくもない。

第三章

支え合う日々

健康を保つ秘訣

耳が遠くなって、二人とも、補聴器のお世話になっているとか、毎朝、逸平はパンツを、私はストッキングやタイツを、片足を上げて穿くときに、もう一方の足で全身を支えられなくて、何度もヨロヨロするとか、老いを迎えた暮らしで、不自由になることは、日毎に増えている。

それでも、これといった病名のつく身体の不調はなにもなく、二月一一日の建国記念日、逸平は今年も健康で、九一歳の誕生日を迎えた。

「伊豆に東大の寮があってね、大学の頃は、毎年夏休みになると、西伊豆の土肥まで、泳ぎに行ったもんだよ」

「そうだったのね？　私も大学に入った最初の夏休みに、クラスで仲良くなった、女子四人組で、土肥に海水浴に行ったことがある。これといった特徴のない、さびれた海岸だったけれど、どうして土肥まで行くことになったのか、思い出せないわ」

そんな学生時代の、旅にまつわる偶然の一致に、話が弾むうち、今年のバースデー旅行は、土肥にしようということになった。

出会った三年前、最初のお祝い旅行は、山梨の大月温泉に、大雪のなか、分厚い防寒コートを着込んで行ったことを、思い出す。

ところが今年は、二月だというのに、気温二〇度に迫る暖かさで、途中立ち寄った修善寺の梅林の、楚々とした美しさは、ため息が出るほどだった。

最近の逸平は、誰に会っても、「どうしてそんなにお元気なんですか?」と聞かれる。

そう聞かれるのが、何より嬉しい本人に代わって、思い当たる「三つの健康の秘訣」を答えるのは、いつも私の役目だ。

九一歳を迎えても、シャンと背筋が伸びて、七〇代にしか見えないその若さの秘訣は、第一に、「新陳代謝がいいこと」にあると思っている。

これは、彼が四〇代の頃から続けている、サウナのおかげだそうである。

最初にサウナを覚えたのは、亡妻の治子さんと過ごした、ドイツ・ミュンヘンでのことだというが、日本に帰ってからも、運動よりサウナに入るのが目的で、いまでも週に三日ほどは、ジムに通っている。

そのジムには、極端に運動の苦手な私も、無理やりメンバーにさせられて、結婚直後から一緒に通いはじめたのだが、フロアで最初に目にした逸平の、年齢に似合わぬ身軽さには、驚嘆するほかなかった。

ジムのフロアに、つねに三〇人ほどいる老若男女のなかで、どう考えても最高齢に違いない彼が、マシンを使いながら、懸垂や腹筋運動、そして仕上げのウォーキングと、時間はほんの三〇分ほどだが、それらの運動を、易々(やすやす)とこなしていく。

その習慣を、もう半世紀近く、続けているというのだから、まさに継続は力なりである。

そのあいだ、ビギナーの私は、最初に行ったときのトレーナーの指導に従って、腹筋と背筋、腕と足の筋肉を鍛えるマシンでの運動を、約一五分で簡単に済ませると、マットの上で、流れるビデオを見ながらのストレッチ運動に、残りの一五分を費やす。そんな風に、たった三〇分間動くだけでも、固まった筋肉がほぐれて、身体が軽くなった気がするのだ。

そして二人は、二階での運動が終わると、三階に上がって一時間ほど、私は入浴、彼はサウナに入って、汗を流す。

逸平にとっては、この、週に三日ほどコンスタントに流す汗が、いちばんの健康の秘訣のようで、真冬でも、夜中には汗をかいている。

私などは、疲れが溜まると、肩が凝ったり、背中が痛くなったりしてくるが、逸平にはそれがない。

たまに「揉んであげましょうか？」と言って、肩に手をのせてみると、筋肉が、信じられないほど、ふわふわで、本人も、「肩こりがどういうものか、わからない」と言う。

習慣にしている、ジムとサウナ通いのせいで、代謝が良く、血行が滞ることがないのだろう。ほんとうに、羨ましい限りである。


第二の健康の秘訣は、「睡眠の質が良いこと」。

これも、なかなか真似のできない、影山逸平の特技のひとつ、だと思う。

彼の睡眠時間は、毎夜、一一頃から翌朝の六時頃まで、ほぼ七時間と決まっていて、この習慣も、一年三六五日、ほとんど乱れることがない。

とにかく、ベッドに入ったら、すぐに、深い眠りに落ちることができる人なのだ。

高齢になってからは、夜中に何度かトイレに起きているようだが、ベッドに戻ったら、またすぐに深い眠りに、戻ることができる。

そして朝の六時頃まで、ぐっすり眠れる彼の辞書には、「不眠」という言葉がないようである。

更に、なにより感心するのが、朝起きたら、その日ベッドに入る夜の一一時になるまで、一日中、彼が横になっている姿を、見たことがない点だ。

たまに年相応に、机の前に座って、コックリ、コックリしていることもあるが、それほど頻繁ではないのも、就寝時間に熟睡できているからだろう。

そして第三の秘訣は、「なんでもよく食べること」だ。

昭和八年生まれの彼は、基礎体力をつけるべき子どもの頃は、戦争中の食糧難の時代だったからか、美味しいものを食べるという習慣が、身についていない。

実は妻としては、一緒に暮らしていて、この点が最大の不満である。

私と結婚する前は、毎日のジムの帰りに、スーパーの惣菜を買って帰り、炊いておいた白米と、買ってきた惣菜をおかずに、夕食を済ませていたというから、いわば基本的に、「栄養のバランスがとれれば、食べるものはなんでもいい」という人なのである。

たとえば、「栄養をつけるなら、レバニラだ」と信じているような人で、私は、そういう彼を、少し軽蔑している。

「あなたは美食家だからね」との言葉は、私への最大の皮肉のようで、あまり凝った料理を出しても、有り難がってもらえない。

畢竟(ひっきょう)、私は、自分が食べたいものをあれこれ考えて、その日のメニューを決めることになるわけだ。

ほうれん草の胡麻和えは、スーパーで出来合の惣菜を買ってきてしまえば簡単だが、毎回、すり鉢で胡麻を擂(す)るなどの、手順を省かない。それこそが、料理の楽しさだと思っている。

「あなたの料理は、ご馳走すぎるよ。申し訳ないけど、一品減らしてもらえないかな」と、最初のうちはよく言われた。

が、私は、そんな言葉にもいっこうにめげず、食べたいもの、作りたいものを、好き勝手に調理して、食卓に載せる。

そして逸平は、毎回、「ご馳走すぎる」とボヤきながら、どんな料理も、残さず、キレイに平らげてくれる。

最初は、「美味しい」と口に出して、言ってくれないことが不満だったが、私の料理を、なにひとつ文句も言わずに食べているうち、みるみる顔色が良くなり、お腹まわりの、贅肉もとれてきたので、やはりこの変化は、バランスのとれた食事のせいだと自画自賛している。

そして出会った頃は、

「あと一〇年、一〇〇歳までは元気でいてね」

と言っていたのが、いまでは、

「逸平さん、あなたは確実に、一二〇歳まで生きるわね」

に変わっている。

こうして、改めて考えるうち、私たち夫婦は、特に気が合うとか、相性がいいというよりも、二人ともに、自分のこれまでの生活スタイルを、まったく変えずに暮らしていることに気がついた。

ひとりでいたときは、それぞれの生き方を、頑固に、自己満足的につらぬいてきた二人が、再婚したからといって、相手に合わせよう、などという考えは、ハナから持たなかった。

これこそが、老いて一緒になった夫婦の健康と円満の秘訣、と言えるかもしれない。

たとえば、長年連れ添った夫婦が、晩年を迎えて、互いの存在に、「飽き飽きしている」と言ったり、「早くひとりになりたい」などと言っているのを聞くと、ああ、きっとこの夫婦は、どちらもが、無理や我慢をしてきたんだろうな……と思ってしまう。

そういう友人たちの言葉を聞いていると、私も、逸平と若い頃に結婚して、五〇年の歴史を重ねた夫婦なら、同じように考えるかもしれない、とも思うのだ。

私たちは、二人ともに、それぞれが仕事優先で、自我をむき出しに生きてきたので、この歳になって、相手に合わせることなど、到底できない。どちらもそれを、わかっていた。

我慢はしない。自らの頑固さも、自己満足も、否定せずに守り通す。

そして、互いの胸のうちに、ベースとしてあるのは、相手の個性を重んじながら抱く、感謝の念だ。

「感謝」というと、ばかに他人行儀な気がするが、ちょっとしたことで、衝突したり、派手な喧嘩をしても、「隣にいてくれてありがとう」という、人生を孤独に生きてきた者だけが抱く、素直な気持ち。それが私たちの、いちばん大事にしていきたいことだ。

「あなたがいないと、生きていけなくなった」

とは、最近の逸平が、折に触れて口にする言葉で、私もそれを聞くたび、

「よかったね、私たち。ほんとに会えてよかった」

と、喧嘩しながらも、同じ言葉を繰り返している。

とにもかくにも、九一歳を迎えた我が夫が、こんなにも健康でいられるのは、本人が長年にわたって続けてきた、「自己管理」の賜物だろう。

人生一〇〇年時代を、幸せに生きるには、四〇代、五〇代のうちからの自己管理が、必須であると思う。

蔵書を捨てる

私が、逸平の住むこの家に来ることになったとき、彼は、壁という壁、階段という階段が書籍で埋まった、図書館のような家に、私を迎えるために、蔵書の整理を決意した。

ひと昔前なら、思想史を研究する者にとって、貴重な資料になったにちがいない書籍類を寄贈すれば、受け入れてくれる大学や、地方の図書館もあったというが、いまはもう、そんな時代ではない。

学術書を処分しようと思ったら、廃品回収の業者を呼んで、高い処分料を払って、引き取ってもらうのが、当たり前の時代になってしまった。

逸平は昔から、神保町界隈の古書店に、よく出入りしていたので、一昨年の夏に、蔵書の整理を思い立ったとき、思想哲学の分野に、強そうな書店に電話をして、家に来てもらい、相談に乗ってもらった。

ところが、その古書店員は、一万冊を超える蔵書の並ぶ書架の列から、すぐにも売れそうな、目ぼしい本だけを選ぶと、何百冊かを紐でくくり、持ってきたバンに積むと、テーブルにわずかな金を置いて、

「残りは、あとで廃品回収業者に来させますから、処分してもらってください」

と言い残し、逃げるように、帰ってしまったという。

それがご時世というものなのだろう。古書店の、なんともドライな態度に、逸平が、ひどく落ち込んでいたのを、思い出す。

更に翌日、やってきた廃品回収業者のやったことが、なんともひどいものだった。

家の前に、二トントラックを横づけすると、三階の窓から、箱入りの美術書や、百科事典や、専門書のたぐいを、トラックの荷台に向けて、片っ端から、投げ下ろしたというのである。

逸平は、血も涙もない業者の所業に、耐えきれず、長年かけて収集した大事な書物を、半分ほど残したまま、その日を最後に、蔵書整理を諦めかけていたのだった。

そして数ヶ月後、思わぬご縁がつながって、中央線沿線の、M駅近くにある古書店・水森書房の若い店主が、現れたのである。

逸平は、その青年を、ひと目で気に入った様子だった。

この男なら、自分が大事にしていた書物を、生かしてくれるにちがいないと、直感的に思えた、というのである。

青年は、二階に続く階段に作りつけた書棚から、数冊ずつを、腕のなかに優しく抱くようにして、床に下ろす作業を、繰り返しながら、

「思想や哲学関係の本は、高いですからね。なかなか手に入れにくい本を、本気で勉強したい学生に、安く譲ってあげられるのですから、今日はボクとしても、嬉しくて」

ビニールの紐でくくる手つきも、前の古書店員と比べものにならない、丁寧さである。

かくして水森青年は、逸平の蔵書をその後も、数回にわたって、引き取りに来てくれることになった。

そして、彼が二度目に来たとき、

「夫が、『僕の大事な本を託せる、いい人に出会えたよ』と喜んでいます」

と伝えると、

「ボクも古本市に行って、影山先生の本を見つけると、必ず買って帰るんですよ」

と、嬉しいことを言ってくれた。

やはり、人と人とは、出会いなのだ。

水森青年に、蔵書の処分を任せることが決まって、なんの心配もなくなった逸平は、次に彼が引き取りに来るまでの日々、三、四階にあった書物を、青年が整理しやすいように、分類しながら、積極的に、階下の書棚に下ろす作業に費やした。


九月のある日、逸平は、二〇年間続けてきた市民講座にも、ついに終止符を打った。

これでもう、早起きを日課にして、午前中いっぱいをかけて、机に向かう必要もなくなったのである。

それで最近、私たちは、目が覚めるとベッドの上で、一時間も二時間も、お喋りをして過ごす癖がついてしまったようだ。

話題の大半は逸平の昔話で、今朝は大学時代の同級生だった、芝山裕子さんの思い出を、懐かしそうに話してくれた。

「才媛でねぇ。キェルケゴールの研究者だったんだが、学生時代から、無類の歌舞伎好きで、たしか歌舞伎関係の本も、一冊書いたことがあるんじゃないかなぁ」

と、語りはじめた逸平が、しばらく天井を見たまま、何か考えているような沈黙のあとで、

「あれは五年くらい前だったろうか……。最後に会ったときの、彼女との会話を、最近なぜか、よく思い出すんだよ」

と言って、東京大学の倫理学科で、共に学んだ同級生たちの、最後のクラス会の話をはじめた。

もう、出席者もわずか数人の、毎回同じ顔ぶれで、皆、八〇代の半ばになったのだから、クラス会はこれを最後にしよう、と誰かが言いだして、皆が無言で肯(うなず)き合っていたとき、出席者のなかの紅一点、逸平の隣に座っていた芝山裕子さんが、

「私ね、もうじき老人ホームに入ることになったのよ。だからこのあいだ、家にある本を、あらかた処分したところなの」

と、唐突に言ったのだった。

その表情が、彼女の物言いが、あまりにもサバサバしていたので、逸平が思わず、

「あなたは偉いなあ……!」

と言うと、裕子さんが、人懐っこい笑顔を向けて、

「でもね、影山くん。あなたの本は、捨てなかったわよ。あなたの本だけは、大切に、

ホームに持っていくことにしているの」
と、耳元で囁いたのだという。
そんな裕子さんの言葉を聞いて、逸平は、「学者が蔵書を捨てるなんて、どうして
そんなことが、できるのだろう。自分には、とてもできそうにない」と、彼女の潔さ
に、感心するばかりだった。
「考えてみれば、蔵書を捨てなきゃならない日が、いずれ来ると、僕が覚悟をしはじ
めたのも、芝山裕子の話を聞いた日から、だったかもしれないな」
と、逸平はしみじみ言った。
そして、裕子さんが老人ホームに入って、一年ほどが過ぎたとき、彼女がそのホー
ムで亡くなったという報せが、弟さんから届いたという。
「彼女には、しっかりした弟さんがいたから、僕ら学生時代の仲間も、彼女の最期を
知ることができたけれど、最近、老人ホームに入る人が多くなってからは、友達の訃
報も滅多に届かなくなったな」
「特にコロナ禍がはじまってからは、家族葬や、お葬式の簡素化も、当たり前になっ
たしね」
「あいつ、元気でいるだろうか？　と思っていたら、もう、とっくにこの世から消え

ていた……なんてことばっかりだよ、近頃は」

窓から差す光が、どんどん強くなるのを感じながら、老人二人が、朝のベッドのなかで、そんな会話をしている。

私自身はまだ七〇代なので、そんな話題に、あまり実感が湧かないが、友達の多くがあの世に行ってしまった、もうじき九一歳になる逸平にとって、「死」の概念は、どれくらいの近さにあるのだろうか。

と、突然、強迫観念にかられたような言葉が、口をついて出た。

「ねぇ、逸平さん。長生きしてね。あと一〇年は、元気でいてくれなきゃダメよ」

と言いながら、泣きそうになっている。

聞きながら、逸平が「ふふっ」と笑っている。

そして次の瞬間、彼が突然、飛び起きて、

「いかん！　もう八時だ！　ゴミを出さなきゃ。収集車が行っちゃうよ」

と叫んだ。

ベッドを抜け出し、慌ててパジャマを脱ぎ捨てると、そそくさと、ワイシャツとスラックスに着替えはじめた。

「何もゴミ捨てに行くのに、通勤みたいな格好、しなくてもいいのに……」と考えながら、私はもう一度、布団をかぶり直して、二度寝を決め込む。

逸平は、ゴミを捨てるために家を出て、数分後に戻ると、いつもの朝食の支度をはじめる。

そして用意が整ったら、起こしに来てくれる。

「多華子。ご飯だよ。起きなさい」

その声が、耳元で聞こえるまで、一〇分ほど深く眠る。

朝の、至福の時間が、はじまるのである。

いつもひとりだった

「多華子さんは、準備ができていたんですよ、きっと。だから再婚できたんだわ」

久しぶりに会った、後輩の仕事仲間の女性に、そう言われた。

「まさか！　離婚してこのかた、再婚したいと思ったことも、できると思ったことも、なかったわ。一度たりとも」

ムキになって、反論していた。

後期高齢者になって、人生の仕舞い支度をするというときに、再婚の準備などを、したという自覚は、まるでない。いまだに、気恥ずかしい思いが、先に立つ。

最初の結婚生活に、終止符を打ったのは、三三歳のときだった。

半世紀近くも、遠い昔の話である。

だから、七五歳になって、影山逸平と会うまで、四二年ものあいだ、ほんとうに一度として、再婚を考えるような出会いなど、なかったのだ。

もちろん、その長い歳月に、恋をしたことも、なかったわけではない。

誰かとめぐり会って、男女のつきあい、に発展したことも、幾度かはあった。

しかし、それらの出会いは、いずれも、再婚を考えるまでには至らなかった。

理由はいろいろだ。

いちばん大きな理由は、私の離婚が、夫のDVに苦しんだ末の選択だったために、「もう結婚はこりごり」と、ずっと思っていたからである。

第二の理由は、離婚したとき、息子がまだ五歳だったので、成長期の子どもへの影響を考えて、恋愛や再婚といったものは、あらかじめタブーの領域に入れて、蓋をしたことがらだった。

そして第三に、仕事をする女にとって、なにより御法度なのが「恋愛スキャンダル」だった、ということもある。

ここでいきなり話はそれるが、ちょっと面白いエピソードがある。

いま、こうして八〇歳近くになっても、SNSを通じて、映画監督をしていた私を、あるいは小説を書く私を、応援してくれる男性が、少なからず、いたのである。ついこのあいだまでは。

ところが、逸平と再婚してからというもの、とんと音沙汰のなくなってしまった殿方が、何人もいらっしゃるのだ。

つまり、恋愛対象であるかないかは別として、男たちは、独り身だった女が、誰かの妻になってしまうと、いきなり、その女を応援する気が、なくなってしまうものらしい。

こんな老女になっても、そうなのだから、仕事でまだ現役のうちは、身の回りに、男性の匂いをさせてはならない。

それが私たちのような働く女の、鉄則だったのである。

そして五〇代を過ぎ、六〇代を迎えると、いつの頃からか、自分が女性として見られなくなっていることに、ハタと気づかされる日がやってくる。

そして更には、七〇代を迎えると、もう「女」のカテゴリーからは弾かれてしまったのだから、恋愛や再婚などはあり得ないと思い、観念して、「枯れる美しさ」を追い求める老女になっていくのである。

だから、ついこのあいだまでの私は、後輩女性が言ってくれたように「準備ができていた」どころか、ずっとひとりで生きて、ひとりで死んでいくのが当たり前な日々を、送っていたと言える。

五〇代の中頃までは、たまに、女だけの集まりのときなど、

「多華子さん、恋愛してます？」

と聞かれて、

「まあね、美容と健康のために」

などと、冗談めかして答えていたものだ。

そしてやがて、仕事で責任のある立場になると、内なる女心の、如何にかかわらず、仕事の邪魔にならないような恋愛をする術も、いつのまにか身についていた。

ところが、かつて、「仕事ひとすじ」という感じで生きていた頃は、いつも心の奥底に、「ある思い」を抱えていたような気がする。

その抱え続けた「ある思い」とは、ちょっと複雑なものであり、極めて凡庸なものでもある。

私にとっての離婚は、けっして幸福になるための、一〇〇％前向きな選択だったわ

けではなく、ある種の「敗北感」、あるいは「挫折の記憶」として、長いあいだ、心の奥底に、居座っていた事柄だった。

じっさい、離婚をした七〇年代の終わりの頃は、まだ単親家庭も、シングル・マザーも少ない時代で、小学校に上がった息子は、教室でたったひとりの、「親が離婚した家の子」であった。

私自身、小中学校の同級生も、高校と大学の友人たちも、女子の大半が、専業主婦になっていたから、華やかな世界で仕事をしていても、どこか負け組的な感覚が、拭えなかったのである。

またたとえば、忙しい仕事の合間を縫って、実家の両親に会いにいったときなど、八〇代になった父と母が、喧嘩しながらも、寄り添い合っている姿、互いのことを、なくてはならない存在と、認め合っている姿を見ては、しみじみ考えたものだった。

「あぁ、私は、この穏やかな老夫婦の日常を、どんなに望んでも、二度と得ることはないのだなぁ」とか、「自分は、人として大切にすべき尊いものを、粗末に捨て去ってしまったのではないか……」という類いの、感慨である。

ふと、得もいわれぬ後悔にさいなまれたり、つがいで生きている両親を、ひどく羨ましく見ている自分に気づく、といった感慨。

そして五〇歳のとき、そんな思いから、〝老いの夫婦愛〟をテーマにした『ユキエ』で、映画監督に挑戦した。

実人生で叶えられないなら、せめて、つくる映画で叶えたいと、意識下で夢見ていたのだろうか。

こうして振り返ってみると、後輩女性が言っていた「多華子さんは、準備ができていたんですよ」という言葉も、あながち的外れではなかったのかもしれない。

そう、少女の頃から、ずっと私は、平凡な、どこにでもある、当たり前の幸福を、追い求めるタイプの人間だった。

そう考えると、腑に落ちるのである。

仕事面での、ほどほどの成功の代わりにうしなった、人としての、女としての幸福。離婚した私は、それを死ぬまで取り戻すことはないのだ、と思いながら生きていた。

自由を謳歌するかわりに、孤独を引き受ける、「強い仕事人間」を目指して、やってきたのである。

しかしそれは、「強い仕事人間」を演じていたに過ぎなかった。

それが、「準備ができていた」と言われる、所以かもしれない。

逸平に出会って、迷うことなく、再婚に踏み切れたのは、もともと、そういう女になりたいと望んでいた「私という人間の、本質だった」と、いまになって気づくのである。

たとえば以前、まだ逗子のマンションで、ひとり暮らしをしていた頃は、近くのスーパーマーケットに行って、買い物を済ませ、レジを出た先で、買った食材や日用品を、ひとりエコバッグに詰めているときなど、隣で老夫婦が、同じ作業をしていることが、しばしばあった。

私はそのたび、「自分はこうして、ずっとひとりで、買い物をするのだろうな」と考えては、隣の老夫婦を、羨ましく眺めていた。

自立したおひとりさまは、そんなことを、ウジウジと考えたりはしないだろうに、そういうときに私は、しばしば、センチメンタルになっていたのである。

それがいまでは、二人でジムから帰る道すがら、スーパーマーケットに立ち寄って、逸平と一緒に買い物をするのが、当たり前の暮らしになった。

彼の押すカートに載せたカゴに、その日、安く売られていた野菜や肉類を、ぽんぽんと入れて歩きながら、思わず感謝している、自分がいる。

四三年間も「ひとり」だったから、そういう毎日をとても有難いと思うのである。

「誰かと同じ屋根の下に暮らすなんて、きっと、できないでしょうね」

「もう、誰にも束縛されたくないのよ」

「私にとって、いちばん大事なのは、自由なの」

と、いつも口癖のように言っていて、それが本心だと思っていたが、どうもそうではなかったようだ。

私たちは皆、与えられた日々を、元気に生きるために、たくさんのことを、考えないようにしているのかもしれない。

ほんとうにほしいもの、手にしたいものを、渇望しなくて済むように、大事なことには無意識のうちに、蓋をしているのかもしれない。


仕事がいちばんきつかったのは四〇代、テレビ局の下請け制作会社を経営しながら、二時間ドラマのプロデューサーをしていた頃だ。

あの頃は、辛さをひとりで抱えながら、誰にも相談できず、耐えていることが多すぎた。

たぶん、自分の身の丈に合わない立場で、自身の力量を超える仕事をしていたのだろう。

離婚後に、シングル・マザーとなって、息子と二人で生きていくためなら、もっと無理のない、仕事の仕方があったろうに。

零細企業の経営を維持するために、金融機関をまわって、借入金の交渉をするなど、日常茶飯のことだった。

つねに資金繰りに苦しみながら、あるときは、雇っていたプロデューサーの不始末で、数百万円もの違約金を用意しなくてはならず、消費者金融に駆け込んで、高利の金を借りて、凌(しの)いだこともあった。

そういうときにも、誰にも相談できず、毎度、ひとりで乗り切っていた。

何故か最近、その頃のことを、よく思い出す。

あの頃は、小規模な下請け業者が、次々できて、まさに過当競争の時代だったから、自分の会社の企画を、テレビ局に採用してもらうために、街場のプロデューサーたちは、さまざまな手段を使っていたようだ。

〝ようだ〟というのは、私は、経営者でありながら、制作会社の仕事の実態、発注者であるテレビ局と、下請け業者の関係を、最初はほとんど、知らなかったからである。

二時間ドラマの、メインの視聴者層が、自分と同世代の、主婦たちということもあって、女性の私が書く企画(ストーリー)は、重宝されたが、私にはスタッフ・キャストを集めて、撮影から作品の完成までを仕切る、プロデューサーのノウハウがあるわけではなかった。

そこで私は、経営者でありながら、ドラマづくりの上では、企画を書くだけの人で、局に対する営業と、制作現場を仕切ってもらう人として、フリーのプロデューサーを、雇っていたのである。

そして、テレビ局の局員と下請け業者が、関係を結ぶ場は、まさに、「男同士の世界」でもあった。

いまはどのように動いているかは、わからないが、八〇年代半ばから、九〇年代半ばまでの頃は、テレビドラマをつくる場でも、発注者と受注者の上下関係は、いかにも日本的な、土建業界などと、似たようなものだったのではないか。

もう何十年も忘れていたことを思い出したのは、昨今の報道で、よく「キックバック」という言葉を、耳にするからだ。

私が制作会社をはじめた、八〇年代の半ば、雇ったベテラン・プロデューサー氏は、企画を通してもらうと、担当の局員に、お礼として、受注額の一部を、還流していたようなのだ。

彼はそのことを、経営者の私には、直接報告しなかったが、経理の者とは、「キックバック」の処理の仕方を、相談していたようだった。

また、当時は、バブル絶頂のときだったからか、下請け業者のプロデューサーが、テレビ局のさまざまな立場の人を、銀座のクラブで接待するなどのことが、頻繁に行われていたような気もする。

そう、まさに「暗黙の了解」や「見て見ぬふり」が、素人の女性社長がベテラン・プロデューサーを使うときの、重要な心得だったのである。

つまり、うちの場合は、経営者が女性であるから、局の人たちが「キックバック」や「クラブ接待」などを、要求するわけにはいかなかったし、経営者の私自身は、プロデューサーが、局との縦関係で、どんな仕事の仕方をしているかを、知らぬふりで通していた。

そんな風にして、私の四〇代は、業界の裏でおこなわれていることを、薄々察知しながら、見て見ぬふりを決め込んで、ひとり、「誰にも言えないこと」を抱えながら、胸の苦しくなるような日々を、送っていたのである。

最初は、ただ局に採用される企画のためだけに、ドラマのストーリーを書き続け、やがて少しずつ、現場の仕切り方を学んでいき、結局一〇年ほどのあいだに、四十数本の二時間ドラマを、制作したのだった。

それにしても、「キックバック」などという文字が、新聞の一面に躍る日がくるなど、夢にも思わなかった。

自分が身を置いている世界は、ヤクザまがいの世界だなぁ、と思ったりした頃を、ある懐かしさをもって振り返る。

私自身は、なにひとつ、後ろ暗いことをした記憶はないが、そういう世界に身を置いていた自分が、学問以外のことには、とんと関心も知識もない元大学教授と、晩年の日々を、ともに暮らしているのだから、人生、ほんとうに何が起きるかわからない。

そして、改めて思うのは、いまでは毎日、自分の身辺に起きていることのすべてを、夫の逸平に、包み隠さず話している、なんでも相談している、ということだ。

最近、私がとても大切にしている、古い友人が、重い病にかかっていることを知った。

それを聞いたときは、動転して、何か私にできることはないか、ああもしてあげたい、こうもしてあげられないかと、頭に浮かんだことを、夫に向かって、夢中で話していた。

頭に浮かんだ先から、口にする、取り止めのない訴えを、逸平は、私と同じくらい、胸を痛めている様子で聞いていた。

私が、泣きそうになって訴えるのを、彼も泣きそうになって聞いてくれたのだ。

その人に、会ったこともないのに。

そんなときに、聞いてくれる人ができたことの、有難さを思う。

ただ、耳を傾けてくれるだけではない、一緒になって悲しんだり、胸を痛めてくれる人が、傍にいてくれる。

そのことを、しみじみ有難いと思う。

逸平と会うまでは、七〇年以上生きてきて、なんでも話せる人なんて、ひとりとしていなかった。

あの、四〇代の頃、仕事の修羅場の真っ只中にいたときや、金銭的な苦境に立たされたとき、私は、いつもひとりだった。

いまでは、もうあの頃や、その後の映画をつくっていた時代のように、波瀾万丈のことは、何も起きないけれど、傍に誰かがいてくれるという安心感は、格別のものだ。

もう、二人ともに、歳を取り過ぎているからだろうか。

互いのことを、話し合って、すり合わせる必要がない。

ただ支え合っている。

「あなたは、ほんとに世間知らずなんだから」

ついつい出てしまう言葉で、昔は、相手にムッとされることが、よくあった。

でも逸平は、そんなことでは傷つかない。

私が過去に、どんな世界で、どんな経験をしてきたかも、話せばなんでも聞いてくれるだろうが、そういうことを、話したいとも思わない。

ただ支え合っている。

それぞれの最期

この世に、人として生まれたら、一〇〇％誰にも避けることのできない、死のときに向かって、私たちは日々を送っている。

やがて来る、「死」ほど平等なものはない。

昔、おつきあいのあった森崎東(あずま)監督の映画に『生きてるうちが花なのよ死んだらそれまでよ党宣言』という、アウトローたちの、生命力に溢れた映画があった。あのタイトル通り、まさに命あるうちに、どのように生きるかを、私たちは問われているのだと思う。

単なる偶然の一致だったのか、それとも自分で選んだのか、私の母は、晩年彼女が愛してやまなかった、孫（私の息子）の誕生日に、泉下の人となった。

九五歳を迎える一週間ほど前の、二〇一五年一月。

もう一〇年近く前の、よく晴れた冬の朝のことだった。

父が他界してから、三女である私の妹家族と暮らしていた母は、

「お父さん、早くお迎えに来てくれないかしら」

と、口癖のように言っていたものだ。

世話になっているのが、自分の実の子であっても、これ以上長生きしては、娘に迷惑をかけるだけだから「早く死にたい」と、本気で思っていたのである。

そんな母が、妹の旅行に合わせて、はじめて利用したショートステイの介護施設で、夜中に転んで、骨折した。

その夜、救急車で運び込まれた病院で、誤嚥性肺炎になって、入院からわずか五〇日足らずで、あっけなく、この世を去ってしまった。

彼女の入院中の、なによりの楽しみは、最愛の孫が会いに来てくれて、何時間でも、二人きりで、お喋りをして過ごすことだった。

高校に入るときから、海外に留学し、その後も日本にいることが少なかった、我が息子は、私が離婚をした五歳のときから、留学をした一五歳まで、一〇年のあいだ、

祖母を母親代わりに育ってきたので、人一倍の、お祖母ちゃん子だった。

たまに、日本に帰ってきたときなど、私の手料理を食べながら、

「お母さんの料理は、美味しいけど、僕にとってのおふくろの味は、申し訳ないけど、バアバなんだよね」

と言っていて、二人の絆の固さには、しばしば嫉妬をおぼえるほどだった。


その母が、入院先で誤嚥性肺炎になったとき、私たち家族は、彼女にどんな最期のときを用意してあげるべきかを、大事なテーマとして考え、話し合った。

母は、以前から、「できることなら病院でなく、家で死にたい」と、「延命治療はしないでほしい」との、ふたつの揺るがぬ希望を持っていたので、それを叶えてやりたく、主治医に伝えると、早速、母の退院後の在宅介護にむけて、さまざまな準備が進められた。

ケアマネージャーさんに、在宅医療の先生や、訪問看護センターの方たちを紹介してもらい、妹を中心とした、在宅介護チームのプランが、地域のプロたちと相談しながら、着々と、整えられていったのである。

そして私たち家族は、毎日欠かすことのできない、痰の吸引の練習をして、いよい

よその準備が整った頃に、主治医から、

「ご自宅で看取りを、ということなら、そろそろ退院されたほうが、よろしいかと思います」

と告げられたのだった。

退院当日、母は、家に帰れることが嬉しくて、何度も「ありがとう」を繰り返し、私と息子とで付き添って、住み慣れた妹たちの家に、戻ったのである。

退院の夜、狭い妹の家に、二人で泊まるつもりでいると、

「お母さんは、家に戻って寝たほうがいいよ。何かあったら、電話するから」

という息子の助言で、私は、タクシーで一五分ほどの距離にある、自分の家に戻ると、ベッドで手足を伸ばして、深く眠ることができた。

そして翌朝早く、息子からの電話で、「そろそろ来てください」と言われ、急いで駆けつけたが、結局私は、母の死に目には会えなかった。

それでも一晩じゅう、大好きな孫に手を握られて、自宅の畳の上で、「ありがとう」を繰り返しながら死ねたのだから、母の最期は、これ以上ないものだったと思う。

二年ほど前、夫さんを送って、ひとり、自宅での自立生活を頑張っていた、小学校

時代の恩師の翠先生が、買い物帰りの道で転んで、骨折したのを機に、有料老人ホームに入居された。

もうこれからは、転んだり、火の不始末で、火事になったりするような、ひとり暮らしの心配はないものの、さぞかしお寂しいだろうと、翠先生のホーム入居後は、何ヶ月かに一度、親友の史子と一緒に、施設に遊びに行くのが、私たちの大切な役割であり、楽しみになっていた。

そして、去年の秋、翠先生がまたも散歩中に転んで、骨折して入院されたとの知らせが、史子から入ったのである。

入院後は、お見舞いも禁止されたまま、お正月を病院で迎えられた先生が、もう退院して、元の施設に帰られたという。

早速、史子と二人で会いに行くと、私の母のときと違って、すっかり回復された翠先生が、歩行器を押して玄関ロビーに現れ、私たちを笑顔で迎えてくれたのである。

部屋の壁には、先生が昔から得意だった、お習字の書き初めや、上達著しい、水彩画の近作が貼ってある。

もうじき、九六歳になる先生は、骨折しても、寝たきりにならなかったので、

「スタッフさんに、褒めてもらったよ」

と、嬉しそうな笑顔を見せた。

そして最近は、お習字と水彩画ばかりか、施設のお仲間さんたちとはじめた、俳句にも挑戦しているのだと言って、大学ノートを開くと、びっしり、美しい文字で綴られた、俳句が並んでいた。

「この前つくったのを、聞いてくれる？〝お迎えや　いつでもいいが　いまはいや〟と〝天国へ　行ってみたいな　日帰りで〟と、ふたつつくったのよ。ねぇ、どっちがいいと思う？」

「なるほど。堅苦しい季語なんて、堂々と、無視しているのがいいわ」

「明るいねぇ。いかにも先生らしい！」

と言いながら、三人で、お腹を抱えて、笑い合った。

「でもね、やっぱりすぐに、お父さんに会いたくなるのよ。会いたくて、仏壇を開けると、写真のお父さんが、こっちを見ているでしょ。それもすぐに嫌になって、『そんなに、こっちばかり見ないでよ』と言って、閉めてしまうの」

翠先生には、息子さんが二人いらっしゃるが、そのどちらかの家族と、暮らしたいと思ったことは、一度としてないという。

お子さんたちが、子どもの頃も、ずっと、教師の職業を持つ母親だったので、歳を重ねても、夫さんが他界された後も、我が子に対する依存心など、皆無の人なのだ。連れ合いが亡くなったからといって、子どもの世話になどならず、ご自分の貯金と年金で、介護施設に入るほうが、よほど毅然としていて、かっこいい。

「ここにいれば、毎日の、三度の食事の心配もなく、入れ替わり立ち替わり、様子を見に来てくれるスタッフの人たちは、皆優しくて、なんの文句もないの。息子たちも、よく顔を見に来てくれるしね」

ときどき「親を施設に預けるなんて、薄情な子どもだ」といった陰口を、耳にすることがある。

が、翠先生のご家族は、きっと、親も子も、距離のとり方を、心得ていらっしゃるのだろう。どちらもが、理性的な判断をしている、と感じられて気持ちがいい。

さて、夫の子どもとの縁を断って、二人で生きることを決めた私たちには、どんな未来が、どんな最期が、待っているのだろう。

逸平のことは、私が、在宅介護で看取る、と決めている。

そろそろ、自分自身の最期についても、考えておかねばならないのだろうが、歳が一三も離れているせいか、まだ現実味がない。

たったひとりの息子は、遠く、ヨーロッパにいる。

逸平と会う前は、マンションの自分の部屋で、孤独死をした我が姿を想像して、十分覚悟はできていた。

再びそこに、戻るだけではないか。

それに、影山逸平に出会えたおかげで、あの頃よりも、ずっと幸せだ、と思いながら死ぬことができる。

それだけは確かだ。そして、それだけで十分だ。

もうひとつのつがい

親友の、野口苑子のパートナーが、黄泉の国に旅立たれて、早くも、一年が過ぎた。

盛大なお別れ会が行われた、芝・増上寺の桜が満開だったあの日、喪服を着た苑子の痩せ細った姿を、まるで映画のワンシーンを見るように、現実感なく眺めていた。

もちろん強い女性だから、一年間、ずっと泣き暮らしていたわけじゃないと、わかっていても、夫が隣にいるのが当たり前の人だったから、ひとり取り残されたマンションでの暮らしは、どんなに寂しいものだろう、と思ってしまう。

苑子とはじめて会ったのは、一五年ほど前で、先に知り合った夫の崇仁さんから、紹介されたのだ。

崇仁さんとは、ある会合で、偶然、隣の席に座り、年齢がほぼ同じだったこともあって、すぐに仲良しになり、その直後に、招いていただいた食事の席で、私の著書を差し上げたところ、その本を読んだという妻の苑子さんが、私に会いたいと言ってくれたのだそうだ。

「妻は、いただいた本を読んだだけで、知らない方と会いたいなどと、絶対に言わない人なので、僕も驚きましたよ」

そして、はじめて三人で会ったとき、苑子の美しさと、竹を割ったような、さっぱりした人柄に、一瞬にして、「この人と友達になりたい」と、思ったのである。

そのとき以来、年に数度の割で、男社会でひとり頑張っている私を、励ましてくれる食事会を開いてくれて、三人で楽しく語り合ううち、野口夫妻は私にとって、この世でいちばんの理解者であり、親友と思い、頼りにしてきたのだった。


若い頃の苑子は、有名劇団に所属する照明スタッフで、当時、日本一と言われた舞台照明家の下で、将来を嘱望されるお弟子さんだったそうだ。

そんな彼女が、三〇歳になる頃に、高校時代のクラスメートだった、崇仁さんと再会して、当時、すでに高級官僚になっていた、彼との結婚を、あっという間に決めて、演劇の世界から、忽然（こつぜん）と、姿を消してしまったという。

いかにも潔い、苑子らしいエピソードである。

そして結婚後も、何か、表現の仕事を続けたかったのだろう、夫の邪魔にならないように、生け花を習いはじめた。

ご子息をひとりもうけた後も、彼女が生ける花は、流派一門のなかでも、群を抜く才能を発揮し続けてきたし、それはいまでも変わらない。

私は、苑子と知り合ったばかりの頃、毎年二回、デパートで開かれていた、生け花展を見に行って、彼女の並外れた才能を、ひと目見ただけで確信し、いつものごとく、その場で閃いたのだった。

近く撮影の始まる、映画『レオニー』は、日本の明治・大正の、暮らしのなかの美を、世界じゅうの人に見てもらいたい、という動機があって、企画した作品だ。

映画の半分を占める、日本のシーンを通して、あの時代の「暮らしの美」を、生け花で表現してみたい……。

「だから、ぜひあなたに、花を生けていただきたいの」

そんな私のわがままを、苑子は、二つ返事で聞いてくれ、結婚してはじめて、大切な夫をひと月以上も放り出して、映画スタッフとして、ボランティアで参加してくれたのだった。

もちろん、夫の崇仁さんも、そんな妻を快く、ハレの舞台に送り出してくれた。あの撮影の日々、監督の私は、現場での苑子の存在に、どれだけ助けられたことか。任された生け花監修の仕事を、黙々とこなしながら、陰になり、日向になって、支えてくれた苑子は、まだ知り合ったばかりだというのに、孤独がつきものである監督の仕事も、私の性格も、すでにすっかり熟知してくれているかのようだった。あのときのことは、どんなに感謝してもしきれない。

そして映画が完成すると、苑子は、当たり前のように、「社会的な要職」にある夫のサポーターとしての役割に戻っていった。

野口夫妻は、互いを尊敬し合いながら、つねに対等で、自然体で、私に「仲が良くていいわね」といった、僻(ひが)んだ気持ちを起こさせたことがない。

孤独に働く私を、ひたすら、明るく支える親友夫婦、の役割に徹してくれたので、私もずっと、そんな二人に甘えてきた。

「つがいを生きる」とはこういうことよ、との手本を示してくれているような、仲のいい夫婦だった。

誰からも尊敬され、慕われる、無類の人格者だった野口崇仁が、こんなにも早く、私たちの前から姿を消してしまうなど、思ってもみなかった。

そういえば、私が影山逸平との出会いを、報告したときの苑子の喜びようも、尋常でなかった。

そのときはもう、大切な崇仁さんが、重い病とたたかう、只中にあったのに。

美味しいご飯をご馳走になるたびに、

「いつか恩返しをするからね。もう少し待っていてね」

と繰り返した言葉も、ついに叶わないうちに、いなくなってしまった。お別れの言葉も言えないままに。

「崇仁がね、多華子ちゃんの結婚を、ほんとに喜んでいたよ。『よかったね』って、伝えてくれって、言ってたよ」

「ありがとう。野口夫妻が、いっぱいお手本を見せてくれたからね。幸せになるわ」

夫婦というものは、一緒にいるあいだ仲が良ければ良いほど、片方があの世に旅立ってしまったあとの、喪失感は、深く、耐え難いもののようだ。

苑子ばかりではない。そういう、伴侶を天国におくった妻の悲しみを、このところ、何度も見てきた私である。

私も、それほど遠くない時期に、同じような悲しみに暮れる日が来るのだろうか。

いまはまだ、そんな気配は微塵もないが、覚悟しておく必要があるかもしれない。

苑子と私は、入れ違いになってしまったなぁと、互いの奇しき運命を、改めて考える。

伴侶のいる二人に、いつもお邪魔虫のように、くっついていた私が、いまは入れ替わりに伴侶を得て、苑子のほうが、ひとりの人生を、歩みはじめているなんて……。

四人でおつきあいができたら、どんなに楽しかっただろうと思うのに、運命は、そういう極上の幸せを、用意してはくれなかった。

天は、相変わらず、ちょっとだけ意地悪だ。


年末年始は、互いに何かと忙しく、苑子と、四ヶ月ぶりに、会うことになった。

連日の生け花のお稽古に、生徒さんたちがいてくれることが、救いになっていると聞いて、少しだけ安心する。

彼女とは、会うと必ず、鰻を食べることになっている。

鰻って、昔から、こんなに高かっただろうかと、首を傾げてしまうほど、どんどん贅沢な食べ物になっている。

苑子と会うたび、毎回ご馳走になってきた、デパートの特別食堂の鰻。

「私がご馳走してるんじゃないよ。彼の言いつけだから、ごちゃごちゃ言わないで」

と、苑子らしい江戸弁で捲(まく)し立てられ、その言葉に、ずっと甘えてきたのだった。

ところが、昨日は、わざわざＬＩＮＥをして、

「お願いだから、もう崇仁さんはいないのだから、割り勘よ。約束してね」

「あはは。わかった！」

そんなやりとりをしたところなのに、また、しくじってしまった。

家を出るとき、玄関に送りに来た逸平から、

「携帯は？　持った？」

「はい。持ったよ。大丈夫。行ってきます！」

と、得意げに笑って、別れたばかりなのに、駅に着いた途端、財布を忘れたことに、気がついた。

家に取りに戻ったら、一五分は遅刻してしまう。

仕方ない、今回もまた苑子に甘えよう。

これが私だ。

最近の、こんな自分には、ほんとにうんざりさせられる。

そして、苑子に会うなり詫(わ)びたあと、いつもの鰻をいただきながら、お喋りをする

うち、彼女が改まった顔で言った。

「もうじき、一周忌が来るでしょ。それが終わったら、私、もう一度、自分がほんとうにやりたかったことは、なんだろうと考えて、それに挑戦してみようと、思っているの」

「それはいいね。苑子は才能があるんだから、なんでもやってみればいい」

後期高齢者になっても、まだ前向きに、自分らしく、生きようとしている苑子に、

「そういう人だから、あなたが好きなのよ」

と、改めて言いたくなっていた。

「たいしたことじゃなくていいのよ。でも、何かあるかもしれない、と思っているの。ねえ、多華子はこれから、何がしたい?」

と、尋ねられて、

「なんにもない。ほんとになあんにも。したいことが、もう何もないことが、嬉しくて仕方ないの」

思わず、そう答えていた。

「そうか、そうだよね。ずっと頑張ってきたものね」

「この安心感は、手放せないよ。ずっとここに、浸っていたい」

と、言っていたのである。

が、帰りの電車のなかで、しばし、先ほど苑子に言った言葉を、思い出していた。

私にも、したいことは、まだまだ、たくさんあるのに、何故、あんな言い方をしたのだろう?

確かに、もうなにもしたくない、というのも、半分は正直な気持ちだ。

でも、咄嗟に、あんな答え方をしたのが、自分でも意外だった。

やっぱり、これまでの人生、相当無理をしてきたんだな。

つがいは楽だ……と、しみじみ思う。

良妻賢母

かつて、良妻賢母という言葉があった。

それが、いつから死語になったかはわからないが、いまの若い女性は、そんな言葉を知らない人も多いだろう。

言葉として知っていたとしても、そこを目指す人が、めっきり少なくなったのは確かだと思う。

政府がどんな少子化対策を打ち出そうとも、二一世紀の、日本の女性たちにとって、良妻賢母という人生の選択肢が、魅力的なものでなくなったのは、間違いない。

ところで、私はずっと長いこと、自分の社会的立場、あるいは人生は、ordinary

people（普通の人びと）の代表、と思って生きてきた。

卑下してそう言うのではなく、明治の女だった祖母も、大正に生まれた母も、そして昭和の、特に戦後の高度成長期に、成長した私も、家柄が良かったわけでも、エリートだったわけでもない、我が家の三代の女、それぞれが、時代の風をもろに受けた、「社会の最大公約数のひとり」だった、と思っているのである。

祖母の生まれ育った明治の時代は、国家がつくった「家父長制」という名の家制度のなかで、夫と妻が、家のために協働しながらも、「男性が偉い」という意識を、社会の隅々にまで、浸透させていった時代だった。

つまり、平安時代からあった、日本の農家が代表するような、皆で働く「家」のなかに、中国で受け継がれてきた「父親が偉い」、という考え方と、西洋の「夫が偉い」という考え方を加えて、「男が偉い」という家制度＝家父長制を確立させ、民法で「家制度」を規定したのが、明治政府だったのである。

北関東の、貧しい家に生まれ育った私の祖母は、その、明治の家父長制に呑み込まれて、少女時代は、都会に奉公に出ると、良き嫁ぎ先を得るために、行儀見習いの修業を積まねばならなかった。

その甲斐あってか、飛騨の山奥から出てきた、財力ある男のもとに嫁いだものの、彼女が目指した、良妻賢母の夢は、生涯、叶うことがなかった。夫が、本妻の住む家を出て、妾のもとで、暮らし続けたからである。若くして、妾の家で死んだ夫が、生きているあいだ、祖母の人生は、寂しさと嫉妬に苦しむ、あまり幸せとは言えないものだったようだ。

奇妙なことに、我が家の墓は、祖父がこの世を去ったとき、二人の愛の巣があった新宿区牛込にある寺に、お妾さんが建てたものだ、と聞いている。

しかし、その墓に、彼女の遺骨は入っておらず、祖父と、正妻だった祖母と、私の両親の遺骨が、いまも納められていて、私たちは幼い頃から、当たり前のように、我が家の墓として、お参りに通っていたのである。

愛する人の墓を建てながら、自分は、一緒に入ることができなかったお妾さんと、妾の建てた墓に、入らざるをえなかった、祖母。

そんな二人の、女の気持ちは、如何ばかりだったろう。それも、明治の家父長制の因習が、色濃く残ったエピソードとして、興味深い。

そんなわけで、祖母のひとり息子だった、私の父は、一五の歳、父親に妾宅で死なれてしまい、継ぐべき家があったわけではないので、母親と二人で生きていくために、サラリーマンにならざるをえなかった。

大企業の秘書課に勤務し、当時では遅い、三〇歳を過ぎてから、浅草橋にあった、筆屋の娘を、嫁に迎えた。

大正生まれの私の母は、商家に生まれたせいか、父のもとに嫁ぐ前は、かなり自由な娘時代を送ったようだ。

なんでも、母の父親（私の母方の祖父）は、長いこと、浅草橋界隈の町会長を務め、町の角々に、木製の家庭ゴミの収集箱を置くというアイデアを、東京ではじめて実現させたという人で、近隣の人気者だったようだ。

そんな父親が中心の、商家だったからか、家風はリベラルで、母は、女学校を卒業すると、銀座通りにあった絨毯（じゅうたん）店で働く、職業婦人のはしりだった。

母の晩年に、「もっと別の人生を、考えなかったのか」と聞いたとき、「女は、こういうものだと、思っていたのよ」と答えた言葉が、いまも耳に残っている。

流行の最先端を行く女性が、「モガ」と呼ばれた時代、アルバムにある、銀座の絨毯店の前で写した母の写真は、いかにも生き生きとして、さまざまな可能性に溢れた女性のように見えた。

それが二一歳のとき、家族に勧められるまま、たった一回の見合いで、私の父と、結婚してしまった。

その後は、姑の嫁いびりに遭いながら、貧しいなかで、四人の子を育てる生活は、苦労の連続だっただろう。

それでも母は、「女の人生とは、こういうものだ」と、思っていたのである。

そして、娘の私の目に映る母は、終始一貫、「良妻賢母」の鑑のような人だった。

社交的で、バイタリティもある母は、子どもが四人もいて、とても夫の安月給では食べていけないとなると、小さな惣菜屋を始めて、家計を支えた。

持ち前の明るさで、近所の誰からも好かれる、花にたとえると、「牡丹」のような女性だった。

そこに激しく嫉妬した祖母の、どんなに酷い嫁いびりに遭っても、愚痴ひとつ言わず、誰が見ても影の薄い夫を、立て続ける妻だった。

リベラルな家庭に育っても、それが「女の美学」と思い込んでいるかのように、家父長制の因習が、刷り込まれていたのである。

晩年、認知症になった祖母の、在宅での介護生活は長かったが、子育てと店の切り盛りとを、たくましく両立させながら、まっとうした嫁の人生。

そして、九一歳でこの世を去った夫も、四年ほどにわたって、家で介護しておくった、妻の人生。

夫の葬儀の場で、最後に、棺の蓋を閉じる寸前に、

「ありがとうございました」

とはっきりとした声で言い、深々と頭を下げた母の姿は、見事としか言いようがなかった。

そんな祖母と母、二人の対照的な女性の姿を見ながら育ったせいか、私のなかには「良妻賢母」を肯定するものがあり、それが、大学を卒業してすぐにした、結婚という選択にもつながったように思う。

大学を出た頃、社会は、夫が職場に行き、妻が家に残るという、「性別役割分業」に移行する時代を迎えていた。

特に都会では、モーレツ・サラリーマンの夫を、仕事に送り出した後、妻は、「三食昼寝付き」の上に、「財布のヒモも握る」立場で、家事と子育てに専念する「専業主婦」という女の生き方が、推奨された時代だったのである。

以前、フェミニズムのドキュメンタリーをつくったとき、インタビューした、日本

のフェミニズムのパイオニアのひとりの、Tさんが、

「西洋では、夫が、自分の稼いだお金をビタ一文も、妻に渡さない風習から、『もう専業主婦は嫌だ』という女性たちが現れてね、彼女たちによって、フェミニズム運動が起きたのよ。でも日本の専業主婦は、財布のヒモを握っていたからね。これが、日本でフェミニズム運動が広がらない、いちばんの原因です」

と、言われていたのを思い出す。


私は、母の姿を見てきたせいか、夫が、どんなに経済的に裕福だったとしても、専業主婦の人生を、歩みたいとは思わなかった。

母がしてきたように、自分に何かの能力があるのなら、その能力を生かして働き、夫を支えながら、子を産み育ててみたかったのだ。

しかし、私が結婚した相手は、従来のオーソドックスな、家父長制的な家庭で育った男だった。結婚相手の、自我の強い振る舞いが許せなくて、妻を、暴力で制圧しようとする類いの男だったのである。

その頃の私は、まだフェミニズムと出会っていない。

三三歳で離婚して、マスコミという、男性優位の世界で仕事をしても、職場では女

の発想が重宝された時代だったので、私には、差別を受けた記憶がほとんどない。

私が社会の男女差別を、意識するようになったのは、一九八五年に、男女雇用機会均等法が制定された、後だったと思う。

女性の力が、労働力として必要になり、男性と同等の権利をもって、大量の女性の社会進出がはじまった時代、もう、「男が偉い」が通用しなくなった頃に、女性たちは明確に、「自己実現」を目指すようになった。

不思議なことに、そんな女性たちの変化と呼応するかのようにして、男たちによる、職場での女性差別が始まったのである。

私が、男たちの既得権をおびやかす存在として、煙たがられるようになったのは、五〇歳を越えて、映画監督になってからのことだ。

だから私の場合は、女性差別というよりも、むしろ、年齢差別がひどかった、という実感がある。

さて、老いて私の伴侶となった、影山逸平の、母や妻は、どんな人生を歩んだのだろう。

逸平の母親は、千葉県の農家に生まれ、川崎の地で結婚をし、明朗な夫と二人、かなり大きな、燃料店を経営していたというから、こちらもいわば、家のために、夫と妻が協業する家庭だった。

彼女は、家業を営みながら、五人の子どもを育てていた。ところが、三男の逸平が、まだ小学校の低学年の頃、中国に出征していた長男が戦死してしまった。

そして、その悲しみも癒えない頃に、今度は頼りにしていた夫が、癌を病んで、他界してしまったという。

それからはずっと、女手ひとつで、店を切り盛りしながら、四人の子どもを育て上げたひとだった。

「父親は、明朗で、社交上手だったけれど、母親は、無口で、芯の強い女だった」

と言うから、逸平の気性は、母譲りかもしれない。

また、ときどき逸平は、

「もし戦争がなかったら、影山家にも、もっとまともな家制度が、続いていたかもしれないな」

と言うことがある。

彼には、国家が起こした戦争によって、自分たちの平和な家庭が破壊されたとの思いが、強くあるのだ。

逸平が幼い頃に育った家庭と、私や、私の母の子どもの頃の環境に、それほど大きな違いはないが、逸平の亡くなった妻、治子さんの境遇は、まったく違うものだったようだ。

治子さんの父方の一族は、中国地方の豪農だったそうで、その地にあった国立大学の、経済学の教授だった彼女の父親は、まさにエリートだったし、母方の家系は、皆が医者だった。

治子さんは一九三四年に、日本の植民地だった朝鮮の京城（現在のソウル市）の、大きな病院を営む家に、生まれたそうである。

つまり、影山治子さんは、いまで言う「上級国民」、上流階級のお嬢さまだったのである。戦争が終わってからも、逸平と結婚してからも、一族の結束力は強かった。

治子さんは、そんな家の長女だったために、女性でありながら、一族の先頭に立ち、年に何度か行われる、〈いとこ会〉なども、率先して仕切っていたという。

逸平は、そんな親戚づきあいには「とうとう、最後まで馴染めなかった」と、いまでも言うことがある。

父親が、権威ある大学の、高名な学者だったために、自身も当然のごとく、大学に進学し、結婚をした夫の学者への道も拓いてくれた治子さんは、逸平にとっては、妻でありながら、ライバルのような存在だったかもしれない。

あの時代に、ドイツ帰りの女性学者として有名になり、実績も残した彼女は、「新しい女」のひとりだったが、夫の逸平は、そんな妻について、

「彼女の社会的な野心や、名誉欲みたいなものには、ついていけないところがあった」

と呟くこともある。

私と逸平とは、それぞれに晩年を迎え、それぞれの人生の、辻褄合わせをする時期に出会い、期せずして、互いの価値観が一致していた。

そのことを、幸運だったと思っている。

やがて、八〇代になろうとする私は、もうどう考えても、母のような良妻賢母にはなれないけれど、夫の逸平から「この人と会えてよかった」と、最期まで思ってもらえる伴侶ではありたい。それが願いである。

明日へ

例年なら、三月末には満開になる川縁の桜が、今年は枝に蕾（つぼみ）を膨らませたまま、いつまでも開かないな、と思っていたら、四月の頭にようやく開花宣言が出た。

その報道に喜んだのもつかの間、ゴージャスに咲いた直後の雨と強風で、あっという間に散ってしまった。

「今年こそ桜の木の下で、お弁当を食べながら、お花見をしましょうね」と言っていたのに、それもできなかったのは、三月いっぱいをもって、知美さん夫婦の引っ越しが完了したからだ。

昨年の五月、二人が、とりあえずの生活必需品をトラックに積んで、この家を出ていってから、約一〇ヶ月。

ようやく、家に残されたままだった、すべての荷物が運び出され、翌日は廃品回収業者もやってきて、二日にわたる、大がかりな作業が終わった。

そのあいだも、知美さんは、とうとう一度も、姿を見せなかった。

最愛の父を奪った私を、憎んでのことか。

話し合っても仕方のないことで、これ以上父親と衝突したくないという、大人の判断だったのか。

結局、姿を見せない理由はわからないまま、血を分けた家族が、別れの挨拶も交わさないまま、絶縁状態になってしまった。

ほんとうに、これでいいんだろうか……？

時間が経てば、また元に戻れるだろうか……？

またも、これまで何度も考えたことが、頭を過るが、その思いを、強引に頭の外に追いやった。

これは、逸平の決断であり、知美さんの決断であるからだ。

私には、どうすることもできない。

私がこの家に来なかったら、こんなことにはならなかった、という意味では、私こそ、この事態の中心人物であるかもしれないのに、手出しのしようがないのである。

そして、改めて考える。

こんな事態を予測していたら、逸平との結婚を、決断することはなかっただろうか……と。

「もし、パパが入院でもしたら、正式な家族になっておかないと、あなたは病院に、見舞いにも行けないのよ」

そんな知美さんの言葉に、「そんなの嫌だ！」と、一も二もなく、婚姻届を出してしまったけれど、あれは、軽率な行為だったのだろうか……。

そう考えて、キッパリと断言できる。

少なくとも私にとっては、この決断は、正しかったのだ、と。

しかし知美さんは、今頃、私に結婚を勧めたことを、軽率だったと、後悔しているにちがいない。


がらんとなった娘夫婦の居室に、逸平が佇んでいた。

「とうとう、行ってしまったわね」

「ああ。あっけないもんだ」

常日頃、無口な人は得だと思う。

いま頃この人は、どんな思いでいるだろうと、こちらの心配や想像力を、はてしなく広げて、同情してもらえるからだ。

私のように、思ったことを、なんでも口にする人間は、誰も心配してくれない。

並んで立つ、彼の背中をさすりながら、そんなことを考えていると、

「そういえば、茉莉が入籍したそうだ」

逸平が、思いがけないことを口にした。

「!? ……どういうこと?」

「知美のFacebookに、書いてあった」

「そんな……!」

絶句するほかなかった。

「写真も載って?」

「いや、文字だけだ。娘が入籍したと、それだけだったよ」

ひどい。あれだけ可愛がった、たったひとりの孫娘だというのに……。

やるせない気持ちになっていると、逸平が、サバサバした口調で言った。

「結局あいつらは、僕が死ぬまで、都合のいいお祖父ちゃんで、いてほしかったんだよ。自分たちにとって、便利なお祖父ちゃんが、勝手に幸せになるのが、許せなかっ

たんだな」

私と会うまでは、孫にも、娘夫婦にも、「お祖父ちゃん」と呼ばれて、年に何度か、家族それぞれの誕生日に、高級レストランで、祝いの食卓を囲んだ。

その光景は、傍目には、いかにも仲のいい家族、と映ったことだろう。

つきあいがはじまったばかりの頃、

「皆で、誕生日祝いをしてくれるなんて、いい家族ね」

と言った私に、

「あいつらが、美味しいものを食べたいだけさ。僕は、ただの財布役だよ」

と、答えるのを聞いて、なんて寂しい言い方をする人だろう、と感じたことを思い出す。

考えてみれば、世のお祖父ちゃんや、お祖母(ばあ)ちゃんは、皆、そんなものかもしれない。

世間では、家族と一緒にいられることが、「老人の幸せ」と、誰もが、当たり前に考えている。

しかし、ほんとうに、そうなのだろうか……。

そういえば、同居がはじまった頃、逸平を叱責する知美さんの言葉が、あまりにきついのに、驚いたことが何度もあった。

長いあいだ、ひとり暮らしをしてきた私の目には、プライドを大切にしたいと言いながら、実際は、娘から過度に年寄り扱いされている、逸平の姿が、ひどく気の毒に見えた。

この人は、もっと周囲から、敬われてしかるべきなのに、家族だからって、そんな叱り方は酷すぎる。

世の中には、孫たちに好かれる存在、子どもたちの邪魔にならないようにと、家族に気を使いながら暮らす高齢者は、いくらでもいる。

「老いては子に従え」という言葉のごとく、いまや、子や孫に気を使うのが、当たり前の時代になっているのかもしれない。

日頃は同居していなくても、たまに子や孫たちが遊びに来れば、長い時間をかけて、蓄えた貯金を下ろして、小遣いを与え、家族に媚びて暮らす。

日本では、それが高齢者たちの「当たり前の幸せ」になってしまったのだろうか。

昔、自分の映画『折り梅』の脚本で、「家族のなかにいる孤独より、ひとりの孤独の方が、よっぽどマシだ」と、主人公に言わせたことがあったけれど、まさに、真理を言い当てていたような気もする。

孫が結婚したことを、ＳＮＳで知ったと聞いて以来、逸平は、どんなに傷ついているだろうと、可哀想でならなかった。

いつも淡々としている彼には、気持ちを聞くなり、話題にすることはしないようにしているが、どうしても、気の毒に思えてしまう。

気が晴れないまま、最近、ネットの閲覧中によく飛び込んでくる、新築マンションの広告を見ているうち、気分転換に、見学に行ってみようかな、と思い立った。

知美さんたちの荷物が完全になくなって、この先、老人二人で住むには、この家は、あまりに広すぎるし、私には、いつまでも自分の家と、思うことのできない場所になってしまった。

昨年、知美さんが出ていってから、逸平が、暗黙のうちにはじめた、蔵書の整理もあらかた済んで、まだ、家を売るという段取りまでは、進んでいないものの、いずれ、住み替えの日が来るのは、明らかである。

それでさり気なく、水を向けてみる。

「この広告にあるマンション、大きさと値段は、ちょうど手頃だと思うの。駅から少し遠そうだけど、行ってみない？」

ダメモトで言ってみると、

「そうだね、行ってみようか」

と、すぐに快い返事が返ってきた。

九一歳という年齢になっても、面倒がらず、このように気軽に誘いに乗ってくれるのが、逸平のいいところだ。

早速、世田谷区のある街の物件を、見に行ってみると、これが結構楽しい。

案内されたモデルルームを見て歩くうち、気がつくと、新婚夫婦が新しい住まいを探しにきたように、うきうきとした気分になっていた。

「あなたの書斎は、この部屋がいいわね」

「で、君はどこで仕事をするの？」

「私は昔から、ダイニング・テーブルで書くのが、いちばん落ち着くのよ。書斎なんていらないわ」

そんな会話をするうちに、このところ心を覆っていた厚い雲が、みるみる消え失せ、晴れていくのを感じた。

若い頃、離婚した後、ひとりでマンションの住み替えを、二度ほどした経験があるが、二人でするると、こんなに心躍るものなのかと、年甲斐もなく思っていた。

その後、モデルルームを出て、住宅販売会社の人の案内で、新しくマンションの建つ場所に行って、建築現場を見終えると、

「私たちは、駅までどのくらいかかるか、これからバスに乗って、行ってみます」

と言い、案内の人と別れて、バス停に向かった。

二人とも、これまで一度も来たことのなかった街の風景を、バスの窓から眺めながら、逸平が呟く。

「間取りも良かったし、なかなか住みやすそうな造りだったけど、駅からこんなに遠くちゃ、ダメだな」

真剣な口ぶりだ。

彼も、早く引っ越しをして、新しい生活をはじめたいと、望んでいるのがわかった。

その後も私たちは、モデルルームを見て歩いては、ああでもないこうでもないと、未来の二人の暮らし方について、語り合うことが多くなった。

これまで住んできた川縁の家を、無事に売ることができたら、いよいよ二人でつくる、新しい住まいで、人生の最終章を、静かにスタートさせることができる。

それがこの先、たった一〇年そこそこの、短い時間でしかないかもしれなくても、

私たちは、もう誰にも気兼ねなく、つがいの幸せに、ひたることができるのだ。

逸平と私は、どちらにとっても、多分に「運」の要素が大きかったにせよ、二人の出会いによって、最晩年の、新しい、人生の目的を見つけることができた。

歳をとって、誰かの邪魔になるのではなく、死ぬまで互いを必要とする、互いに必要とされる、二人でありたい。

そのためには、誰かの「親」とか、「お祖父ちゃん」とか、「夫」とか「妻」とか、そんな役割を生きるのでなく、それぞれが自立した「個」を生きることが、大切だと思う。

穏やかに、自然体で、いたわりあって、個を生きる。

老いを幸せに生きるとは、そういうことではないか。

「個を生きる」という意味では、この歳になったいまでも、二人ともに大切にしているのは、それぞれの仕事だ。

世の中に、伝えたいことがある。

いつの頃からか、彼は、自身が長年にわたって、打ち込んできた、学問的研究を通して、私は社会の片隅で、ひとりの「女性」を生きながら、世の中に伝えたいことが、たまっていた。

そして、その伝えたいことを文章に表す、あるいは映像作品としてまとめることが、私たちそれぞれに、自分の「生の証」とか、「使命」とか、「生きがい」と考えるようになっていた。

九一歳と七八歳になった今も、おかげさまで健康な私たちは、二人ともに、まだ、細々ながら、仕事を続けている。


私が、七八回目の誕生日を迎えて間もないある日、逸平の新著の見本が一〇冊ほど、版元から届いた。

彼が、その一冊を手渡してくれながら、

「あなたに最初の一冊を贈ります」

と、ちょっと改まった口調で言った。

「ありがとう、そして、おめでとう」

嬉しく受けとって、表紙を開くと、そこに、

——この書の成立を支えてくれた妻多華子に
心からの感謝の念をもって献ぐ

との文字があった。

あまりに思いがけない彼の好意に、私は、少し戸惑いながらも、これ以上の誕生日祝いはないぞと思い、嬉しかった。

後日、友人にこの話をすると、

「逸平さんは、海外の生活が長かったの？」

と、訊かれた。

「とんでもない。若い頃に少しだけ、ドイツのミュンヘンで暮らしたことはあったというけど、正真正銘、ドメスティックな日本の男よ」

と言って私は笑った。

夫が妻に、日頃の感謝の意を伝える文化が、日本にはない。

特に中高年になった、夫婦の間では。

もちろん逸平も、そういうことを、口に出して言えるタイプではない。たまたま、著者から読者に贈る「献辞」という手段があったから、思いついたことだろう。

でも、こうした毎日の暮らしのなかで、時折、感謝や労いの気持ちを、言葉にして伝えてくれたら、妻はこの上なく嬉しいものだし、夫に対して、柔らかな気持ちになれる。

考えてみれば、長年連れ添った夫婦の間では、いつの間にか、当然のように省略されていることが、いろいろあるのではないか。

夫から妻に対してだけでなく、妻から夫に対しても。

夫婦は一心同体ではない。

「言わなくても、わかるでしょ」

と言いながら、互いに、解ってもらっている、つもりでいた老夫婦が、双方の間に、途方もないほど大きな距離ができているのに気づいて、「愕然とした」などといった愚痴を、最近、頻繁に耳にする。

ほんとは離婚をしたいのに、経済的な理由で、別れることもできないと、悩んでいる高齢女性も、山ほどいる。

そういう夫婦は、逸平が、著書の献辞に書いてくれたような言葉を、伴侶に伝えたことが、ないのかもしれない。

逸平と私が、日々の暮らしのなかで、特に大切にしているのが、「礼儀」と「思いやり」だ。

そしていつも思うのは、二人の明日について、希望をもって考えられるのは、まだ、出会って間もないからだろう。

私たちは二人とも、残された〈いのちの時間〉が限られている。

残りわずかな明日を、限りあるいのちの時間を、二人笑顔で暮らすために、礼儀と思いやりを忘れずにいたい。


（終）

本書は弊社オウンドメディア連載
『つがいを生きる』（二〇二三年六月～二〇二四年五月）を加筆・修正したものです。

装画　椎木彩子
ブックデザイン　鈴木成一デザイン室

松井久子（まつい・ひさこ）
映画監督・作家。
一九四六年東京出身。早稲田大学文学部卒。
雑誌のライター、テレビドラマのプロデューサーを経て、
一九九八年『ユキエ』で映画監督デビュー。
二〇〇二年の『折り梅』公開から二年で一〇〇万人を動員。
二〇一〇年公開の三作目は世界的彫刻家イサム・ノグチの
母の生涯を描いた日米合作映画『レオニー』。
二〇一三年春からはアメリカをはじめ世界各国で公開された。
その後ドキュメンタリー映画『何を怖れる フェミニズムを生きた女たち』
『不思議なクニの憲法』を発表。
二〇二一年二月には小説『疼くひと』で七五歳の作家デビュー。
二〇二二年一一月に二作目の小説『最後のひと』を上梓。

つがいをいきる

二〇二四年七月二五日　初版第一刷発行

著者　松井久子

発行者　伊藤良則
発行所　株式会社春陽堂書店
〒一〇四-〇〇六一
東京都中央区銀座三-一〇-九　KEC銀座ビル
電話　〇三-六二六四-〇八五五
https://www.shunyodo.co.jp/

印刷・製本　TOPPANクロレ株式会社

ISBN978-4-394-90488-5 C0093